Un tranvía en SP

Un mundo en SF

ALFAGUARA

Unai Elorriaga

Un tranvía en SP

ALFAGUARA

Título original: SPrako Tranbia
© 2001, Unai Elorriaga López de Letona
© 2001, Elkarlanean S. L.
© De la traducción: Unai Elorriaga López de Letona
© De esta edición:
2003, Santillana Ediciones Generales, S. L.
Torrelaguna, 60. 28043 Madrid
Teléfono 91 744 90 60
Telefax 91 744 92 24
www.alfaguara.com

ISBN: 84-204-6603-4
Depósito legal: M. 6.339-2003
Impreso en España - Printed in Spain

Diseño:
Proyecto de Enric Satué

© Cubierta:
Beatriz Rodríguez

Un tranvía en SP

Un nuova en SP

1.

Lucas veía las paredes de color chicle.

De hecho, las habitaciones de los hospitales y las postales de París siempre son iguales. Y Lucas estaba en el hospital. «Estoy en el hospital», les decía a los que le iban a visitar. Estaba en el hospital. Lucas.

—Tienes para elegir: pastillas verdes, amarillas, rojiblancas —le dijo la enfermera.

—Verdes —eligió Lucas—, cien gramos; sin hueso.

La enfermera le dio otras, las que ella quiso. Las enfermeras visten de blanco en los hospitales.

El compañero de habitación de Lucas estaba dormido y la silla de las visitas vacía. Lucas tenía la impresión de que la silla se estaba riendo de él. La silla era pura maldad. Cuando se fue la enfermera, Lucas empezó a hablar con la silla: «Ya verás, va a venir; si no es hoy, el día de San Nicolás, si no es el día de San Nicolás... pero vendrá, y se sentará encima de ti y estaremos hablando hasta la noche, y después de la noche también, y después cogeremos el autobús, a casa».

Entonces escuchó un tranvía, de los antiguos.

Miró hacia la izquierda y en primer plano vio el suero tac-tac y en segundo a Anas, dormido. Era más joven que él. Setenta y siete. Y dormía; y parecía que iba a dormir hasta desintegrarse, y hacía ruidos peculiares.

*

María se asomó por la puerta. Lucas tardó tres minutos en reconocer a su hermana. María empezó a jugar:

—Aquí jefe de expedición a campamento base, cambio —dijo María con la mano en la boca. María estaba a ocho mil metros de altura, en el Shisha Pangma, hablando por radio.

—Aquí campamento base, cambio —dijo Lucas, hablando como hablaría un enfermo que estuviera simulando hablar por radio, en el Shisha Pangma, en la pared sudoeste.

—Estamos viendo la cumbre, estamos cerca ya. ¿Qué tal la enfermería del campamento base?

—Bien. Un jolgorio es esto.

En la calle se oían las vacaciones de los niños y los niños oyeron, a su vez, un ruido extraño y aparatoso, que no era más que el beso que le estaba dando María a su hermano, en la habitación del hospital.

—¿Hoy no va... —empezó a susurrar Lucas. Pero a María se le estaba gastando el oído:

—¿Qué?

—... a venir Rosa?

—No creo, Lucas, mañana igual, o pasado mañana igual.

—Ah.

Diecisiete años ya, Rosa. Eso es lo que pensó María. Y le pareció triste. Le pareció triste porque en vez de pensar de verdad en la mujer de Lucas, en lo único que había pensado era en los años que llevaba muerta. Y eso era triste, y pobre. Lucas se dio cuenta de que las paredes del hospital seguían verdes.

—¿Qué tal la comida? —cambió María.

—Hoy me han traído caviar creo que era —Lucas serio.

Anas disertó en sueños.

—¿Cuándo me van a quitar el suero, María?

—¡El suero! Anteayer te quitaron el suero.

—Ah... ¿No has oído el tranvía? ¿Cómo has venido, María?

—En autobús.

Los ojos de Lucas estaban cada día más claros, más grises. Las paredes le comían el azul. María pensó que tenía que sacar a su hermano cuanto antes de allí, que el hospital le estaba dejando el alma hecha una porquería.

—Yo no tengo dinero para el autobús —le cortó Lucas—, ya te pagaré en casa.

—¿Comiendo caviar y quieres volver a casa? Tú aguanta hasta que te echen.

—O si no, tengo un amigo que conduce tranvías. Llámale sin miedo —se empeñó Lucas.

—Además, he pedido una cama, para dormir aquí mismo —María.

—Claro que igual no puede traer el tranvía justo hasta el hospital, ¿no?

María se quedó mirando a su hermano, que pensaba, seguramente, en las olimpiadas y en las ciudades que habían tenido olimpiadas, y en las que no las habían tenido también, y en las que, pese a no haber tenido olimpiadas, tenían tranvía, etcétera.

Lucas no se merecía el hospital. Lucas necesitaba la carpintería y el trabajo de la carpintería y las sierras. Sólo cerraba la carpintería «cuando hay viento». Y eso era lo que necesitaba Lucas: la calle vista desde la carpintería, y hablar a los que pasan, y reírse, de las moscas y de las polillas. Y discutir con su hermano, con Ángel y, como cuando hicieron el bote para ir a pescar, enfadarse el uno con el otro, como se enfadan las suegras y algún que otro yerno y, ni para ti ni para mí, y coger la sierra y, ris-ras-ris-ras, cortar el bote en dos y reconciliarse al de dos días y contárselo a los amigos y reírse, como se reían de las moscas y de las polillas y, Ángel, habrá que empezar a hacer otro bote. «Yo sólo cierro el taller cuando hay viento.»

*

El médico llevaba puesta una bata, blanca, y por debajo llevaría, con toda seguridad, bastante más ropa. Sacó a María de la habitación, cogida del brazo.

María sospechaba que el médico le iba a decir algo importante sobre Lucas. Y se deshizo. Pero solamente se deshizo un poco; se deshizo lo justo. Todavía mantenía sólida gran parte de las piernas y los brazos hasta los codos. Las manos se le movían caprichosa y arbitrariamente, pero conservaba la tranquilidad suficiente para escuchar al médico e incluso para entender lo que le iba a decir.

—Tu hermano nos ha aburrido ya —dijo el médico. Sonrisa. El aburrimiento será, posiblemente, el sentimiento más aceptable que pueda producir un enfermo—. Le quiero fuera de aquí en tres horas —a carcajadas ya—; así que ir vistiéndole.

María le dio sesenta besos. Se oía a un niño en la calle pidiendo chocolate a gritos, con ansiedad, como se pide un médico en un desembarco. Entonces María:

—La verdad es que vosotros también me habéis aburrido a mí.

Recordó los cuarenta días que habían pasado en el hospital: los días siguientes a la operación y las enfermeras, con esa personalidad suya de goma de borrar.

—Pero... ¿Va a quedar bien? —se preocupó María de pronto.

—Con la operación no hay problema. La cabeza es lo que.

—Sí, eso ya lo sé.

*

Anas se durmió a las seis de la tarde. Lucas se quedó solo, sin nadie con quien hablar, pero, aun así, se alegró; Anas llevaba días sin dormir.

Entonces pensó un poco en los cementerios y en los panteones. Y en las gominolas de menta.

La puerta se abrió con pereza. Entraron a la habitación dos ojos bastante limpios, sin legañas ni zonas enrojecidas, pero necesitaron tres segundos más de lo que la gente tardaba en abrir la puerta y pasar dentro. Era una chica joven. Andaba despacio, muy despacio. Lucas pensó «La sobrina de Anas, o la nieta». Sin embargo, la chica se sentó al lado de su cama. Tenía manos de susto, pegadas al vientre siempre.

—Hola —le dijo a Lucas.

Lucas hizo un esfuerzo para tratar de recordar quién podría ser aquella chica.

—Parece que estás bastante bien —empezó la chica. Y pensó que haber ido al hospital era, probablemente, la peor decisión desde que decidió estudiar Derecho.

Lucas, por su parte, se había empezado a marear: quién es, se habrá confundido de habitación... y se atrevió a preguntar directamente:

—No sé yo muy bien quién eres.

—Rosa... —se sorprendió Rosa.

—Rosa, Rosa —dijo Lucas derritiéndose dos veces—. También mi mujer se llamaba Rosa.

—Ya lo sé.

—Me acuerdo. En la heladería Humboldt. Allí conocí a Rosa. Estaba con su madre, imagínate. Con un helado de limón. Le dije que los limones eran lunas gordas y pedí uno de fresa. Ella me dijo que las fresas eran el sarampión de las zarzas. Así me dijo, el sarampión de las zarzas. Rosa. Cuarenta y siete años después.

—Ya lo sé.

—¿Y ya sabes que un suizo de sesenta y un años está preparando una expedición al Shisha Pangma? —dijo Lucas alegrándose de lo que había dicho.

—No, eso no lo sabía.

—¡El bastón! —gritó Lucas de repente—. Mira a ver si está en el armario.

Rosa, un poco asustada, se levantó y fue hacia el armario con las manos pegadas al vientre todavía. Cuando estuvo cerca, separó por fin una mano del cuerpo y abrió el armario. Estaba vacío. Pero cómo decirle a Lucas que el bastón no estaba allí, que el bastón que le había regalado su hermano no estaba allí, «Toma, lo he hecho para ti», «Pero...». No estaba en el armario. Ángel murió poco después de terminar el bastón. Lucas estaba convencido de que su hermano había metido en el bastón la poca vida que le quedaba y se la había regalado a él. «Ángel metió aquí lo poco que le quedaba para vivir.»

—Sí, está aquí —dijo Rosa, no sin sufrir un poco.

—Sólo cerraba el taller cuando hacía viento. Luego me puse viejo y el frío no me hacía bien. Pero tampoco entonces cerraba el taller. Por si venía Ángel, para que entrase directo.

—Sí, ya lo sé.

*

La puerta se abrió de golpe.

—Te veo como para hacer una media maratón —le dijo María a su hermano.

—¿Y de dónde crees que vengo? Ahora estoy descansando un poco. En esta posada o mesón —dijo Lucas.

María se sentó en la silla y se quitó el abrigo; en vez de hacerlo al revés, lo cual habría sido más cómodo e incluso más estético.

—¿Y qué? —preguntó Lucas—. ¿Ya habéis hecho cumbre?

—¿Y de dónde crees que vengo? Eso sí, tengo síntomas de congelación en los dedos de los pies.

Entonces se quitó un zapato y una media, y metió el pie en la cama de Lucas. Dijo

«Ahora sí que estoy a gusto», o algo parecido, y empezaron a reírse. Se rieron como se ríen los bolígrafos de las notarías, los que escriben los precios. Hasta que Anas hizo ademán de despertarse. Lucas dijo a María que silencio, que Anas tenía que dormir. Más todavía.

—Ha estado Rosa —dijo Lucas en voz baja.

—¿Rosa? —repitió María con un poco de angustia. Cómo explicarle a Lucas que Rosa.

—Rosa no —dijo Lucas adivinando lo que pensaba su hermana—; otra Rosa, una chica joven. Y hemos estado hablando del bastón y del Shisha Pangma y de la heladería Humboldt.

—Vaya juerga, ¿no?

—Pero ya sabía todo lo que le he contado y se ha ido pronto.

—¿Y quién era?

—No sé —dijo Lucas antes de quedarse en silencio bastante tiempo—. Aquí no hay polillas, María.

María alzó la vista y era verdad. La habitación tenía más lejía que cemento. Mucha higiene; demasiada higiene. Y cuarenta días ya sin volver a casa.

—Polillas sólo hay en las casas de los viejos —explicó María.

—Echo de menos a la polilla de casa, María, a don Rodrigo.

—¿Y cuál es don Rodrigo? En casa hay cientos de polillas.

—Pero todas son una; todas son don Rodrigo.

*

—Anas —continuó Lucas—, tú también estuviste en la guerra, ¿verdad?

—Sí, Lucas; ayer me preguntaste lo mismo, y anteayer igual —dijo Anas, aburrido/orgulloso.

Lucas no hablaba de la guerra hasta que no se quedaban solos.

—¿Y por dónde anduviste?

—En el sur.

—Yo en el monte, como las lagartijas, siete años. Todavía no sabía ni lo que era una polilla.

*

—¡Pero todavía en la cama, so vago! —María entró en la habitación seria y rápido.

—... —Lucas.

—El médico me ha dicho que se acabó lo que se daba, que ni caviar ni nada ya, que a casa.

«Me voy, Anas», dijo Lucas, e intentó levantarse sin conseguirlo. «No vuelvas», se oyó desde la cama de Anas. María, mientras tanto, había llamado a una enfermera y estaban sentando a Lucas en la cama. Las piernas colgando.

—Te he comprado una revista de monte —le dijo María a su hermano.

—¿Y cuál viene? —Lucas, feliz ya.

—El Annapurna y el Nanga Parbat.

—Déjame ver.

—Cuando lleguemos a casa.

Era difícil vestir a Lucas: cuando le ponían el calcetín izquierdo se quitaba el derecho y cuando le estaban atando la camisa se metía las mangas del pijama por los pies. Y lo hacía con virtuosismo y gracia.

—Me voy, Anas.

—No vuelvas.

María. Ficciones

Empiezas a mirar hacia atrás, ¿no? Y encuentras una barbaridad de recuerdos. Algunos bonitos. Pero luego piensas en tu edad y sólo treinta y cuatro años, en abril. Aun así, recuerdos tienes muchos, pequeños y bonitos algunos. Recuerdas, por ejemplo, cómo viste, desde abajo, desde muy abajo, cogida de la mano de tu padre, por primera vez, aquella noria gigante, y qué grande y qué brillante y sus hierros, unos oxidados y otros no, y qué grande era sobre todo.

A mí eso me pasa en el cuarto de baño. Cierro la puerta y tengo recuerdos. Normalmente recuerdos buenos. A veces me echan en cara que estoy demasiadas horas en el baño y que al salir no doy explicaciones. Lo que pasa es que los recuerdos no se pueden explicar. Eso es lo que pasa. Y, claro, mi madre se enfada. Seguramente porque está mayor ya, pero no hay que tenérselo en cuenta, no muy en cuenta por lo menos. Mi padre no. Mi padre no escucha nada, o ésa es la impresión que da, como si tuviera una abeja en cada oído, y parece más sosegado que mi madre. Caza polillas y las clava en un corcho. Luego pone el nombre deba-

jo, casi siempre en latín. También escribe mucho. De ahí mi afición, creo yo. Pero él escribe
mucho mejor que yo, y pienso copiar algo suyo aquí, en estos apuntes míos, si consigo coger
su cuaderno, para demostrar que escribe mejor
que yo y que gracias a él tengo yo esta afición.

La cuestión es que suelo entrar mucho al
baño, para no tener que escuchar a mi madre
y para recordar cosas.

Lucas. Ejercicios

Si tuviera algo importante que decir. De joven hubiera podido contar cosas. De la guerra y de antes. Pero he olvidado casi todas. Algunas no, porque están ahí, dando vueltas. Además, yo he leído poco y eso es lo que se suele decir, no, que para aprender a escribir hay que leer, mucho. Yo sobre todo revistas de monte. A mí me gustan los ochomiles: el Shisha Pangma mucho. Es el más pequeño de los ochomiles, 8.027 metros, y tiene un nombre que llena la boca al decirlo. Shisha Pangma. María y yo solemos jugar a ese juego, a que hacemos una expedición a un ochomil y a que hablamos por radio. Está bien, a veces. Si no se te congelan los pies, o las manos, o los dedos de las manos, que es lo más común. A mí me gustan los ochomiles. El Shisha Pangma, y también el Nanga Parbat. El Shisha Pangma es malo. Ha matado a mucha gente. También el K2. Pero el nombre del K2 no me gusta, tan pequeño, tan científico. El Annapurna sí, y el Lhotse y el Manaslu también, pero menos. María siempre ha leído más que yo. Tiene una habitación llena de libros y con una cama y con un sillón. También me gusta mucho el bastón. Y por eso dejaba abiertas las puertas del taller casi siempre. Cuando había viento no. El bastón me lo regaló Ángel. Luego se murió. Ángel era marino. Segundo oficial. Era inteligente Ángel. Pero le gustaba la carpintería y tenía un poco de envidia. Cuando estaba en tierra iba más que yo a la carpintería. Y me contaba qué chicas, allí, en Australia. Ahora creo que está cerrada la carpintería. También cuando hace sol. No quiero ni pasar por allí. Creo que están medio podridas las puertas. También me gusta el reloj de cuco. Sólo se ha parado una vez. Cuando murió nuestro padre. Bueno, el reloj se paró al de una semana de morir nuestro padre, pero como dice María, decirlo así es como decirlo con más cariño: el cuco se paró cuando se murió nuestro padre. María dice que hay formas y formas de decir.

Tengo un amigo en casa. Don Rodrigo. Don Rodrigo es una polilla pequeña. Marrón y nerviosa. Nunca se mueve en la misma dirección. «Tranquilo», le suelo decir a las noches, cuando viene a la bombilla. No me hace mucho caso, la verdad.

María ha sido maestra y sabe mucho. Eso dice la señora Verónica. Yo diría que ha leído mucho, eso sí. También los libros que no se podían leer. Yo sólo revistas de monte. A mí me gustan los ochomiles, las expediciones a los ochomiles y el cielo de los ochomiles. También Katmandú.

2.

Lucas iba despidiéndose de todos por el pasillo del hospital, también de los extintores y de los aparatos de aire acondicionado. Las enfermeras le hacían gestos con las manos, de blanco siempre. Una mujer, que debía de tener unos ciento sesenta y tres años, le dio un consejo que no pudo escuchar y Lucas, sin entender lo que aquella moza pretendía, le dijo que ella también saldría algún día de allí.

Había estado lloviendo los dos días anteriores, y los niños-vacación se quedaban en casa, delante del televisor. La lluvia estaba dentro del hospital. No la lluvia en sí; el color de la lluvia. Y al tercer día, aunque en la calle era sol ya, el color lluvia seguía dentro.

Cuando Lucas salió del hospital, por lo tanto, hacía sol y tenía la barba bastante crecida. Se quedó mirando al cielo hasta que le dolió.

Venían dos niños hacia la plaza del hospital. Uno llevaba un balón y el otro miraba al cielo, como si no se fiara mucho todavía. Lucas les dijo «Hola», porque les hubiera querido decir «Os he estado oyendo todos los días desde aquella ventana». «Si quieres...», dijo el del balón mirando a Lucas, «... jugar con noso- tros», siguió el otro. Lucas les dijo que gracias pero que no podía, que estaba lesionado y que el entrenador le había dicho que descansara es- ta semana, que el próximo partido era impor- tante. Los niños le dijeron que vale y que solían estar en aquella plaza, por si otro día.

—No tengo dinero para el autobús, Ma- ría.

La ambulancia se paró justo delante de ellos. Era grande; les apagaba el sol. Y olía a lentejas.

*

La ambulancia iba paralela a la ría. Lu- cas miraba con mucha atención el camino de ca- sa. De hecho, Lucas tenía dos tipos diferentes de ojos: los azules, los de antes, y los grises, los de ahora. María le solía decir lo mismo, «Dos ca- bezas tienes tú, la de ahora y la de hace sesenta años». Y también en la ambulancia llevaba los dos pares de ojos.

Los ojos grises no se acordaban de aque- llas casas marrones, ni de las rojas, ni de las blancas, ni de aquellas mujeres que parecían estar gritando y que parecían estar amargándo- se en los balcones de las casas marrones y de las casas rojas. Así que cerró los ojos grises y abrió los azules y vio, en vez de las casas, un campo de fútbol, y a Juan, a Matías, a Joaquín, a Tomás, a Ángel y a él mismo, jugando al fútbol. Sudando y sin dinero. Matías era bueno al fútbol. No reconocía a algunos de los que veía en el campo, no les podía poner nombre. Pero a la vista estaba que eran personas amables, y Lucas sabía que se les podía pedir un favor en cualquier momento, por mucho que estuviesen muertos.

—Buena vamos a encontrar la casa —dijo María mirando a los ojos azules de Lucas.

—Menudo descanso que habrá tenido —respondió Lucas con los ojos grises ya.

—Cuarenta días.

—No creo que se la haya llevado el viento. No quiere para nada el viento nuestra casa.

*

La ambulancia les dejó en la misma puerta de casa. El buzón del portal estaba sudando; las cartas querían huir, volver a la oficina de correos o llegar hasta donde tenían que llegar, pero no querían estar en un buzón. En un buzón tan falto de intimidad y sosiego, además. Sobre todo las cartas del banco y la publicidad de fajas. Por eso sacaban los brazos por la ranura. Alguna había caído al suelo, muriendo en el acto. Tan urgentes las presintieron Lucas y María que no cogieron ninguna.

La casa no tenía ascensor e hicieron un descanso en el primer piso (campamento base). Tampoco batieron ningún récord hasta allí: 5 minutos, 47 segundos.

En el segundo piso (primer campamento), Lucas se quedó mirando por la ventana de la escalera. Parecía que iban a poner dos farolas nuevas en la calle y, hasta que viniesen del ayuntamiento, estaban tiradas en el suelo, una al lado de la otra, en paralelo, a unos cincuenta centímetros. Se veían bien desde el segundo piso, y era espectáculo agradable de ver, aunque monótono.

—¿Va a llegar hasta aquí el tranvía, María? —Lucas.

—Pero... si hace cincuenta años que quitaron el tranvía.

—Es que como han puesto los raíles.

Lucas se acordaba del tranvía. Porque el tranvía era Rosa subiendo al tranvía, Rosa bajando del tranvía, Rosa sentada con él, Rosa en el pasillo. También se acordaba de Matías. Matías era el mejor al fútbol y conducía tranvías. Por eso se acordaba Lucas. También era bueno estudiando; «A punto de ir a la universidad estuvo». Pero no; él prefirió el tranvía. Decía que para ver chicas, que en la universidad no había casi chicas. Pero Matías era listo. Lucas decía que todo aquello de las chicas era una excusa: «Lo de las chicas es una excusa; algo tiene ése en la cabeza». Lucas sufrió cuando quitaron el tranvía. Matías murió un año después.

También tuvieron que descansar entre el segundo y el tercer piso (segundo campamento).

La ascensión duraba ya 17 minutos y 32 segundos. Lucas y María vivían en el tercer piso, si no recordaban mal.

Cuando estaba por cumplirse el minuto veinticinco, dijo María:

—¿Qué? ¿Atacamos la cumbre?

Lucas despertó. Y reaccionó. Se acordó de la revista que le había prometido María en el hospital, y de que se la iba a dar en casa, y faltaban diez escaleras para casa. Hizo de la barandilla piolet y subió los diez peldaños con rapidez y soltura. Tardó 2 minutos y 3 segundos. Cumbre.

La puerta no tenía musgo. moss

—Me parece que dejaste la radio encendida —dijo Lucas antes de que María abriese la puerta.

—Qué radio... —María.

—La de casa.

Al otro lado de la puerta se oía una guitarra desordenada. María pensó que, además de ver y decir extravagancias, Lucas empezaba ahora a oírlas. Y era verdad; pero no en aquel caso. Se oía música. Se oía una guitarra cada vez más ordenada.

La guitarra calló en cuanto la llave entró en la cerradura. María abrió rápido la puerta, como si la hubiese cerrado el día anterior. Lo primero que metieron los hermanos en casa fueron los ojos. Todo estaba igual: el reloj, el teléfono negro, el perchero que había hecho Lu-

coat stand

cas, un joven de tirantes con una guitarra en la mano, el espejo, la imitación de un cuadro impresionista... pero no; el joven y la guitarra del joven y los tirantes del joven no eran de la casa:

—¿Quién es éste? —preguntó Lucas.

—No sé —dijo María sin preocuparse demasiado.

—No se asusten; no les voy a hacer nada. Ya me marcho —se disculpó el joven, Marcos, más nervioso que nadie.

—¿Quién se ha asustado? —se enfurruñó María—. ¿Tú te has asustado, Lucas?

—No, yo no —Lucas—. Ya estamos en casa, María: la revista.

—Pensaba que la casa estaba vacía... —dijo Marcos—. Pero estén tranquilos, ya me voy.

—¿Y adónde vas a ir? —María.

—No lo sé.

—¿Has estado a gusto aquí? —se interesó María.

—Sí... —dijo Marcos sin entender.

—Pues quédate. En la habitación de Ángel.

—Está seis meses navegando —informó Lucas—. María, ¿la revista?

María sacó la revista del bolso. El bolso era feo y marrón. También para María. Lucas vio las expediciones al Annapurna y al Nanga Parbat, y la fotografía del Annapurna en la portada, al lado de un cielo bajo, porque los cielos de los ochomiles siempre son bajos, a no ser que haga viento, porque el viento difumina los cielos y tiende a subirlos.

Lucas desapareció tras una puerta con la revista en la mano, y Marcos se quedó sin saber qué hacer, fuera de juego, delante de María. María dijo que no quería espías en la cocina, que se fuese con Lucas, o a la habitación de Ángel, o a tocar la guitarra, que ya le llamaría para comer.

*

Lucas estaba leyendo una revista sin hacer demasiado caso a los demás:

«No sé lo que me pasa. Todo me da igual. (...) Me dan de beber, me quitan las botas y algunas ropas mojadas..., me dan algún masaje y me meten en el saco. No me importa nada; llego hasta el punto de abandonarme, de no resistir, que es lo que nunca debe ocurrirle a un himalayista. (...) Conmigo el Kangchenjunga se ha portado muy mal. Ya que estaba tan agotado, podía al menos haberme respetado y no haber desatado la ventisca. Ha sido una montaña cruel. (...) A mí el Kangche me ha tratado muy mal.»

—... yo también, de joven... —siguió diciéndole María a Marcos, en la sala, en el sofá.

—Leía mucho María —apuntó Lucas levantando la lupa de la revista.

—La cuestión es escribir.

Ésa es la frase que dijo María, La cuestión es escribir, y no aclaró nada más, porque empezó a acordarse de los libros que leía después de hacerse maestra; antes de la guerra también, pero sobre todo después de la guerra. No se podían leer, en general. Decían que los escribía Satanás y que Belcebú los traducía y los traía de Europa. María se los tragaba: a Satanás y a Belcebú, a los dos. Los masticaba bien además. Satanás sabía a jamón y Belcebú a patatas. A patatas fritas.

—¿Hemos cenado ya hoy, María? —preguntó Lucas.

Lucas. Ejercicios

Ayer me vino don Rodrigo quejándose. Me dijo que a ver si no era demasiado joven el de la guitarra y los tirantes para vivir en esta casa. Yo le expliqué que no, que tiene humor. Entonces don Rodrigo se marchó, a las bombillas del cuarto de María. Eso es lo que le gusta, la luz. Más que la madera. A veces discutimos, a ver a quién le gusta más la madera, a él o a mí. Yo le digo que él tiene intereses culinarios y que eso no es noble. También le digo que tiene que salir a la calle, a ver cosas. Él me dice que todo lo que quiere ver está en casa. Yo le explico que hay cosas grandes en el mundo, que están los tangos, por ejemplo, o los ochomiles. Eso sí, el Himalaya es frío para una polilla. Bailábamos mucho Rosa y yo. Nos arreglamos desde el primer día. Tenía el cuerpo derecho yo entonces, después de la guerra. El tango: un paso, otro paso, atrás. Y Rosa.

Ahora son las escaleras. Las de casa las subo bastante bien, pero no las de San Nicolás. Me ahogo y el corazón me. Sobre todo con bochorno. Pero quiero subirlas todos los días, para saber que puedo. Y las escaleras son el Shisha Pangma también un poco. Cuando se empiezan a subir no se ve nada desde abajo, como si arriba sólo estuviesen el final de la escalera y el cielo. Pero al ir subiendo se empiezan a ver los arcos y los árboles y las personas. Las escaleras terminan justo en el sitio donde paraba el tranvía. Cuando había tranvía.

También la carpintería. Cuarenta y tres años en la carpintería. Antes había sido almacén de carbón. El carbón es una pintura sin educación. El taller estaba negro siempre. Limpiándolo todos los días también, negro el taller. Siempre. Sólo tenía una esquina limpia, a saber por qué. Puse una figura de madera allí, en la esquina limpia. Tampoco se puede decir que aquella figura fuera el propio Jesús. Era algo así como un primo de Jesús. No tenía ni cruz.

Jesús no tenía hermanos, pero primos sí. La cosa es que hice un primo de Jesús y lo puse en la esquina limpia del taller.

Don Rodrigo dice que a él también le cansan las escaleras, que no me preocupe.

María. Ficciones

Pilar me dijo que probara. Me decía que me metiera en el baño, a recordar cosas, sin más. Y que si se me acababan las cosas que tenía para recordar —en apariencia, claro—, que me inventara nuevas, que, total, lo mismo da recordar que imaginar, que la cuestión es hacer cosas; si es posible bien y disfrutando. Pero si no, un poco mal y disfrutando.

Desde entonces me paso horas en el baño y lo que recuerdo es algunas veces verdad y otras no. A veces se me olvida que la mentira es mentira. Lo de ayer por la tarde, por ejemplo. Me acordé de cuando estuve con Alberto. De cómo me abrió la puerta de su casa y de cómo me quitó el abrigo y del gesto que hizo al encender las velas de la cena y de que luego estuvimos.

Pero ése es un recuerdo bastante reciente, y me marea un poco y me da algo de calor también. Cuando salí del baño mi madre me preguntó «¿Qué?» y yo le contesté «¿Qué?», como si no hubiese hecho nada malo, y me fui a la cama. Pero se conoce que me faltaba todavía algún recuerdo porque en la cama seguía viendo a Alberto. Olía los olores también.

Por eso me gustan más los recuerdos antiguos, de cuando era niña. Era entonces cuando más escribía mi padre. Ahora también escribe algo, y yo le suelo quitar los cuadernos de vez en cuando. A decir verdad los deja encima de la mesa, a la vista; pero yo los cojo con miedo. Es más, los abro con los ojos cerrados. Mi padre escribe muchísimo mejor que yo:

«A excepción de alguna nimiedad y, claro está, siempre dentro de nuestros límites —que aunque insustanciales, eran límites—, llegamos a dar, en la década de los sesenta, indiscutible explicación a todo aquello que preocupaba a lo que de humano tiene el mundo. Reunimos toda ideología, lo aclaramos todo, dejando al futuro sin opción a contestar, ridiculizando a todo aquel que hoy quiera ser escritor, enterrando sus ganas. Podría suceder, sin embargo, que nuestra propia explicación careciese de fundamento, de esencia. Entonces, pero sólo entonces, allí donde hicimos de nuestra explicación baluarte, sin que llegue el terror a paralizarnos, emplazaríamos el objetivo personal, en forma, en cualquier caso, de búsqueda especializada. Pero todo esto, no cabe la menor duda, también quedó definido por nosotros, en la década de los sesenta.»

Ahí está. ¿No lo decía yo? Lo bien que escribe mi padre. Por eso suelo traer a veces los cuadernos al baño. Quiero aprender. Pero no sé yo.

Una vez se me mojaron tres hojas del cuaderno.

3.

Lucas le solía decir a Marcos que el día tiene dos partes. «Casi todos los días tienen dos partes: el día en sí y cuando el día empieza a dejar de ser día.»

Decía que el día en sí era para hacer cosas, para ir y venir, para serrar si había que serrar y para hablar si había que hablar. Pero que cuando el día empezaba a dejar de ser día las cosas cambiaban bastante. Cuando el día empezaba a dejar de ser día era para contar. Para contar las idas y venidas, para contar qué se había hecho con la sierra y para contar con quién se había hablado y de qué. Para eso era, esencialmente, el final del día. Lucas le contaba a Marcos que había una tribu en Australia en la que elegían a una persona. «Eligen a una persona para contador de la tribu. El contador ve cosas y piensa cosas. Después se las cuenta a los demás, cuando el día se va acabando.» Decía Lucas que ése era su oficio, que no tenía que cazar el contador, ni cocinar, ni pelear..., que era el contador de la tribu y que ése era su oficio.

Todo eso lo había visto Lucas en un documental.

«Y en esa misma tribu les quitan la cabeza a las cucarachas; es como una afición de ellos», siguió diciendo Lucas. «Pero, aun así, sin cabeza, tardan nueve días en morir las cucarachas.» Al final, según Lucas, morían de hambre; no porque les faltase el cerebro o las ocurrencias —tan típicas de las cucarachas—, sino porque no tenían boca por donde tragar.

Ese triste secreto de las cucarachas lo había visto Lucas en otro documental diferente, pero mezclaba los dos documentales. Con precisión y estilo.

Lucas sufría bastante con aquellas cucarachas acéfalas, y por eso le decía a Marcos que no se preocupara nunca por la comida. Decía que decía el brujo de la tribu: «No os preocupéis; nunca os ha de faltar sustento. Del mismo modo que los dioses tienen contados los cabellos de vuestra cabeza, bien saben lo que necesitáis».

Esto lo había oído en la iglesia, claro; no en un documental, ni en una tribu.

Está claro, por lo tanto, que el día tiene dos partes: el día en sí y cuando el día empieza a dejar de ser día.

El día en sí

Diciembre era un mes bastante gracioso para Marcos. Don Rodrigo pensaba que claro, que a Marcos diciembre le parecía gracioso porque recordaba que en Argentina, en Sudáfrica y sobre todo en Australia era verano. Creía don Rodrigo que diciembre le parecía gracioso porque imaginaba Marcos al contador australiano en medio de la tribu, contando algo —al final del día, claro—, o porque se imaginaba a un peruano achicharrándose al sol en la plaza de Armas de Lima. En verano siempre. Porque todo el mundo sabe que la época del año que se ha elegido para el buen humor es el verano (telediarios, segunda edición; encuestas y estadísticas). Otra cosa muy distinta son, cómo comparar, el otoño y el invierno. El otoño y el invierno han sido elegidos, por periodistas, personas afines y moscas —comunes y especiales—, para deprimirse lo que buenamente se pueda. No tienen otra función el otoño y el invierno.

Pero no. A Marcos le parecían igual de graciosos abril, Santa Águeda o Todos los Santos. Pero ahora era diciembre, y le tocaba pensar que diciembre le parecía un mes gracioso.

Marcos se puso los tirantes; los de colores, los de diciembre. Por encima un jersey, gordo y con dos agujeros: uno aquí y otro un poco más allí. Después cogió el reloj, la chamarra y la guitarra. El jersey era el más gordo del hemisferio norte, según palabras de la propia autora, tía de Marcos, y de más gente.

Cuando entró en la sala, vio a Lucas en la silla del ventanal. Tenía una revista de monte en la mano izquierda y parecía estar hablando con algo que volaba a su alrededor.

—¿Llueve, Lucas? —dijo Marcos sin saludar, gritando casi.

Lucas se asustó. Pensó que las cosas no se pueden hacer así, sin avisar, gritando casi. Estaba claro que Marcos no entendía que los viejos tienen otro ritmo y que no se puede hacer todo corriendo, entrar en la sala, preguntar «llueve», gritando casi, sin ninguna clase de aviso, sin saludar, como un murciélago con gasolina.

—Mira en el paragüero —se enfadó Lucas.

Si la madera del paragüero estaba oscura, era lluvia o tiempo triste; si estaba clara, tiempo sano, y si estaba brillante, como sudando, bochorno. Eso decía Lucas. Que se lo había oído decir a un hombre que nunca se confundía en nada y que estaba muerto ya.

—¿Vas a cantar? —preguntó Lucas.

—Más que a cantar a... —contestó Marcos, frotándose un dedo contra otro, haciendo el gesto del dinero.

Pero Lucas sabía que Marcos no era dinero; que Marcos era otra cosa. Que disimulaba. «Tiene que disimular», le decía Lucas a María, «tiene que aparentar que le gusta el dinero».

—Quédate cerca —le pidió Lucas.

Quédate cerca, quédate por estas calles, no te vayas a ir lejos. Siempre le pedía lo mismo Lucas. Para poder oírle desde casa. «Hay alguna canción tuya que no me disgusta», le decía a Marcos. «Mías, mías..., no son muy mías las canciones», decía Marcos.

—No. Voy a la estación; siempre hay gente en la estación.

Marcos se empezó a arrepentir nada más cerrar la puerta de casa. Por qué a la estación. ¿Y Lucas? Cuando salió del portal, miró hacia arriba. Desde la acera no se veía el ventanal de casa y tuvo que salir a la carretera. Entonces vio a Lucas en la ventana, mirándole. Sacó la guitarra de la funda y empezó a tocar la canción que tanto no disgustaba a Lucas. En medio de la carretera. Los coches pitaban convencidos de pitar, un hombre le insultó desde la acera, se acercaba ya un municipal, de luto y amarillo, convencido de que era Marcos persona de malvivir.

Lucas abrió la ventana para poder escuchar. Hasta que empezó a toser. Demasiado frío. Cerró Lucas la ventana, y Marcos corrió hacia la estación.

*

Una vez en la estación, vio Marcos a tres chicas entre otras. Y vio a una cuarta chica también; pero tenía demasiadas uñas aquella cuarta. Tenía doce uñas en vez de diez, o quince uñas en vez de diez. Por eso pensó Marcos que había visto a tres chicas entre otras y no a cuatro chicas entre otras.

Entró en el tren una corbata de unos cuarenta años. Dejó entrever, mediante gestos de asco y compasión, que no tenía él por qué estar allí, y «Tengo el coche en el taller, ya sabes», le aclaró a un desconocido, con el irreprochable objetivo de no privarle de la verdad absoluta. Después desglosó, no sin admirable suficiencia analítica, la marca, el modelo y la relación de características más subrayables de Su Coche. El desconocido dijo que sí, que le creía, pero le señaló el libro que tenía en la mano, que si no le importaba iba a leer un poco, y que perdonase. Abrió el libro y salió Kafka.

Marcos empezó a tocar. Se le puso un niño delante, de unos siete años. Escuchó el final de una canción. La siguiente la escuchó entera. Después dijo:

—¿Por qué eres pobre? —la bufanda no le dejaba decir frases demasiado largas y, en cuanto abría la boca un poco más de lo normal, metía cientos de pelusas hasta su garganta. Las bufandas son seres siniestros. Las bufandas de los niños más.

—Yo no soy pobre —le explicó Marcos, acordándose de las cucarachas—. Y tú..., ¿tú eres pobre?

—No, yo no: mi padre pasa muchas horas fuera de casa.

«Frío», pensó Lucas en el ventanal de casa.

*

«El calor no es sólo calor», pensaba María en verano. «El calor es dar un paso y empezar a sudar, y sentarse en el sofá, sin fuerza ni para suspirar, o cansarse después de leer cuatro páginas de una novela, y dejarla, y levantarse del sofá para ir a la cocina, y empezar a sudar otra vez.» El calor es la bufanda del niño que se preocupaba por la situación económica de Marcos.

Cuando más sufría María era cuando Lucas se ponía la gabardina, en verano. A pesar de todo le hacía gracia. Lucas enrojecía y empezaba a sudar. «Luego va a refrescar, Rosa», le anunciaba entonces a María, «Nevar va a hacer», le quitaba María la gabardina. Luego le decía que claro, que todo el mundo sabe que la nieve y el viento sur siempre han venido juntos.

Por eso esperaba María el día del cambio de estación. Debía ser un día oscuro, desde la mañana hasta la noche. Con viento feo y con lluvia. Entonces volvía a respirar María.

Ese día llegó el siete de septiembre, como podía haber llegado el veintiocho de agosto. María pasó cuarenta y tres minutos peinándose. Se puso tres sortijas y un collar. Los pendientes de su madre. Parecía que tenía los ojos pintados; los labios no. Se puso un sostén blanco, por primera vez en mucho tiempo. Y unos zapatos bastante nuevos. La blusa de la última boda (de hecho «Fue una boda bonita, eh, Lucas», «Yo no fui») y una falda gris y larga.

Nunca tuvo María demasiada habilidad para manejar el paraguas. En las escaleras de los arcos se acordó de Lucas: cuánto le costaban aquellas escaleras. Cada día más. Pensó María entonces que por eso hablaba Lucas tanto de los montes y de las expediciones a los montes. María todavía. Gracias a Dios.

Pero María tenía que estar pendiente ahora de lo que había salido a hacer. Cuando llegó a la plaza de los arcos, se paró frente a la puerta de la biblioteca. La puerta de la biblioteca era blanda; un poco húmeda también. Entró y, en el mismo portal, encontró tres flechas: biblioteca nueva, biblioteca antigua y bibliotecarios.

El bibliotecario era un futbolista de ojos azules. Estaba delante de un ordenador.

—Rulfo, Juan —pidió María, nerviosa; un poco nerviosa.

Escribió en el ordenador. Cuando apareció la información en la pantalla:

—Sólo tenemos dos —dijo el bibliotecario, como si la culpa fuese suya.

—Ése —señaló María uno de los dos.

*

Sacó Marcos la guitarra de la funda y empezó a tocar la canción que tanto no disgustaba a Lucas. En medio de la carretera. Los coches pitaban convencidos de pitar, un hombre le insultó desde la acera, se acercaba ya un municipal, de luto y amarillo, convencido de que era Marcos persona de malvivir. Aun así tocó la canción para Lucas, y tocó: *por las paredes ocres,* y luego tocó *se desparrama el zumo,* y un poco después *de una fruta de sangre,* y después cantó *debe ser primavera,* entre otras cosas que también tocó.

Lucas abrió la ventana para poder escuchar. Hasta que empezó a toser. Cerró Lucas la ventana, y Marcos corrió hacia la estación.

*

De hecho, iban a pasar los ciclistas por el pueblo. Los profesionales. «El ciclismo es cosa antigua», solía decir Lucas, «más antigua que el atletismo, mucho más antigua». Lucas les tenía cariño a todos los ciclistas; también a los que les lloraba la bicicleta en plena carrera. Sobre todo a ésos. A los que llegaban fuera de control, a los que quedaban en el puesto setenta y siete de ciento veinticinco. A los que subían el Tourmalet en el primer grupo de escapados y al bajar se rompían la cabeza y se tenían que meter en el coche del director. A los que burlaban a las cámaras de televisión, como si las cámaras de televisión no se mereciesen otra cosa que ser burladas por un ciclista.

De hecho, los ciclistas profesionales iban a pasar por allí mismo. Y Lucas quería ver. Los mismos que se ahogaban en los puertos de la televisión.

Fue Marcos quien avisó a Lucas: que los profesionales pasan muy rápido, no como en la televisión; que la televisión engaña. Que no iba a ver más que sudor y ruido. A Lucas le daba igual. María le dijo que el calor no le hacía bien, y que los ciclistas siempre llegan tarde, sobre todo en verano, y que iba a tener que estar esperando, cincuenta minutos igual, al sol.

Todo eso se lo dijeron mientras Lucas se ataba el segundo zapato.

—¿Vienes, Marcos?

No respondió. Marcos prefería un libro y sombra. Con aquel calor, en julio. Lucas fue solo a ver la carrera.

Era todavía demasiado pronto para ir a ver a los ciclistas. Fue antes a la zona de la estación, a pasear. Empezó a dar la vuelta a la estación, para pasar el rato y para recordar el sueño de la víspera. Necesitaba veinticuatro minutos para dar la vuelta a la estación, y pasar túneles, y esperar si estaban las barreras bajadas, y andar entre zarzas. La estación lo que hacía era dividir el pueblo: la parte de arriba y la parte de abajo. No recordó el sueño, pero pensó que aquélla era la vez número 27.442 que daba la vuelta a la estación. Había empezado con veintiocho años a contar las vueltas que daba a la estación, y eran 27.442 hoy. Sin Rosa ahora.

El calor le sentó en un banco. Desde allí veía el túnel de la estación. Y aquel túnel era el beso de Rosa y «otro, Rosa» y «no, luego, en casa» y esa dosificación de besos: siempre a falta de un beso, y «está oscuro, Lucas» y «mejor» y «no, aquí no, Lucas; luego». Nunca besos de sobra; dosificando siempre Rosa.

«Tengo que irme», le dijo Lucas a Rosa. No estaba convencido del todo, «van a pasar los ciclistas profesionales por la cuesta de la playa».

Había muy poca gente en la cuesta de la playa. El sol era de mediodía. A las cinco de la tarde.

—¿Qué? ¿Ya vienen? —preguntó Lucas.

—¿Quiénes? —le contestó un joven de setenta y siete años.

—Los carreristas —Lucas.

—Pero hombre... en Moscú pueden estar ya los carreristas.

Lucas pensó que se iba a disgustar más. Pero no. Por un momento le dio pena no haber visto la carrera, pero inmediatamente se acordó de que pronto llegaría a casa, con calor o sin él, sudando casi seguro, y de que allí estarían Marcos y María, y de que llegaría la noche delante de la televisión. Refrescaría entonces, y les volverían las ganas de hablar a los tres. Por eso no se disgustó Lucas, porque sabía que les iban a volver las ganas de hablar, con la noche.

Vio entonces la punta de algo rojo en el arcén de la carretera. Fijó el bastón en el suelo, con ganas. Le explotó la primera gota de lluvia en la mano. Puso la rodilla izquierda en el suelo. La otra después. Separó la mano del bastón, dirección arcén. Cogió la punta roja. Era un botellín de ciclista. De ciclista profesional. Le hizo ilusión. Lo iba a poner en la vitrina de la sala. «Es para poner en la vitrina de la sala.»

Cuando el día empieza
a dejar de ser día

Al seguir encendida la televisión, no era tan difícil que los ojos de Marcos, de María y de Lucas se dirigiesen hacia ella; siempre si se tiene en cuenta que el sofá y la televisión estaban colocados en paralelo.

Lucas pensó al principio que eran imágenes del parlamento lo que estaban viendo pero, tras una reflexión, no por corta asistemática, se dio cuenta de que eran las pruebas de gimnasia de las olimpiadas. Había gimnastas ucranianos y de otros tipos.

Marcos se imaginaba a los gimnastas con la edad de Lucas, dando vueltas alrededor de la estación de Grozni. Después los imaginaba dentro de ciento cuarenta años. Para entonces sólo quedarían tres o cuatro nombres: Bilozertchev,

Vitali Chtcherbo, Boginskaia. Y se imaginaba, del mismo modo, a un periodista que estuviera escribiendo la historia de las olimpiadas, preguntando a otro: «Oye, ¿cómo se escribe Biloserchef?».

Lucas, María y Marcos intentaban acertar las puntuaciones que les iban a dar los jueces a los gimnastas. Ése era el juego: 9.676, 9.401, 8.294 («ése también se cayó ayer»).

Cuando salió el favorito en anillas, se oyeron aplausos de cómo no va a ganar, mírale. Sergei Stajanov agarró las anillas con ayuda del entrenador. Abrió los brazos, lentamente y con sosiego, hasta completar la figura del cristo. Aguantó trece segundos: 13. Después soltó las manos con tranquilidad y, sin haber acabado el ejercicio, cayó al suelo; lentamente y con sosiego. No quería volver a ganar. Tenía demasiadas medallas ya.

El comentarista de televisión dijo tres signos de exclamación, sin palabras: !!!; luego dijo: «¿Qué ha hecho?», mientras Sergei Stajanov sonreía con las pestañas y un poco con la boca. «Es inaceptable la actitud de Stajanov; es vergonzoso», decía en el micrófono. Mientras Sergei Stajanov sonreía con las pestañas y un poco con la boca.

Lucas pensó que tenía envidia de Sergei Stajanov. Marcos pensó que también.

*

—¿Dónde está Lucas, María?

—Escribiendo.

—¿Para qué?

—Para la cabeza.

*

—Hoy hemos estado en casa del alemán, Matías —le dijo Lucas a Marcos. Marcos miró a María: quién es Matías, qué dice Lucas. María le dijo que tranquilo, que Matías era un amigo de Lucas, uno que conducía tranvías. Luego le dijo que no le hiciese mucho caso y que dijese a todo que sí—. Le han traído una cámara de retratar al alemán, desde Alemania. Tomás y yo hemos estado. En el chalet del alemán. Y ya sabes cómo es el alemán.

Lucas se quedó callado mirando a una polilla.

—... y ha dicho que teníamos que hacer fotografías. Ya sabes cómo es el alemán. Hemos hecho un retrato normal, mirando al frente, fijándonos en las cosas que estaban detrás de la cámara, que eran bastante raras, porque estábamos en casa del alemán. Luego hemos hecho otra fotografía no tan normal: mirando para atrás y con los pantalones en el suelo. Ya sabes, el alemán. Nos ha dicho que le va a mandar el retrato a la señora Eulalia. Y ya sabes cómo es la señora Eulalia.

*

—Ha sido el médico el que le ha dicho
a Lucas que escriba —le explicó María a Marcos—; como si fuera un ejercicio, para que no
pierda tan rápido la cabeza.

*

María entró en la sala de una manera
común, por debajo del marco de la puerta, sobre
sus piernas, como si fuera mortal. Allí encontró a Marcos y a Lucas. Planteó al menos tres
cuestiones, cortas y con rapidez. Pero para cuando Lucas y Marcos arrancaron su atención de
la televisión y la transportaron hasta María, había acabado ésta de hablar y entraba en la cocina.
Volvieron a mirar Lucas y Marcos a la televisión y vieron dos chechenos y tres metralletas.

*

—He conocido a una chica hoy —dijo
Marcos.

Lucas. Ejercicios

Ahora me cuesta mucho levantarme del sofá. Me traga el sofá, porque es viejo y es blando, y después me cuesta mucho salir de allí. Pero últimamente suele estar Marcos, y primero se levanta él y luego me ayuda a mí. Y luego me dice que el sofá tiene que estar muerto de hambre para tragarse una cosa tan amarga como yo.

A Marcos le miro con envidia. La verdad es que todo lo que miro ahora lo miro con envidia. A Sergei Stajanov también, y a los escaladores, y a los niños que se caen por las escaleras. Y se me empieza a ocurrir que si Dios empezase a jugar a quitar años a la gente y me quitase cincuenta o sesenta años, lo primero que haría sería coger la bicicleta. Sería coger la bicicleta para ir a Irlanda a andar en la hierba que es como un colchón de hierba. Eso parece en la televisión. También podría ir a Praga o a Belgrado o a cualquier ciudad que sale en los telediarios, porque el tráfico parece más modesto que aquí. Y Rosa estaría viva, claro, y le cogería la cintura para bailar hasta ahogarnos. Algún vals y algún tango. Los pulmones nos aguantarían una hora más o menos. Luego nos iríamos a la habitación, y Rosa no me diría que no, después de haber estado tantos años muerta. Tienen que ser bonitas las habitaciones de los hoteles de Praga. Y se nos pegarían las sábanas al sudor del baile. Y haríamos un poco más de sudor nuevo.

También a Matías le gustaban mucho las chicas. Todas. Pero no tenía suerte. Marga se le marchó con uno de fuera. Marga era un vicio de chica. Todos queríamos un poco a Marga, pero sólo paseaba con Matías. Matías era el que le olía los perfumes desde más cerca. Hasta que se marchó con el holandés. Era un holandés que tenía los pies minúsculos. Matías se murió sin casarse, con cientos de ansias. Tomás sí. Tomás se casó. Pero se casó flojo. Y todavía estará casado, si no se ha muerto.

Hoy ha hecho un bochorno malo. He sufrido un poco, pero creo que aguanto mejor que de joven. Se conoce que nos hemos acostumbrado al calor. Ya no somos como vikingos. Sobre todo porque los vikingos no mojan los pantalones. Yo los he mojado hoy. No le he dicho nada a María. Cuando se ha enfriado el líquido he estado bien a gusto. Por eso no le he dicho nada. Me he cambiado de calzoncillos cuando ha salido a la calle. Pero creo que me los he puesto mal. Creo que he metido las dos piernas por el mismo agujero. Ahora siento una presión bastante antinatural en la entrepierna.

No me gusta el puré.

Marcos

Dicen que Proust se acostaba por la noche y pasaba mucho tiempo pensando. Yo también paso mucho tiempo pensando en la cama. Y pienso, por ejemplo, que leo demasiado. O pienso, siguiendo el pensamiento anterior, que cuando era pequeño había, gracias a Dios, cosas que no entendía: en las casas abandonadas, en los cementerios de elefantes, en los cerebros de los médicos. También en los acentos de las palabras. También en los tipos de estrofas. Y es así que de pequeño no tenía necesidad de pensar; era fácil todo. Mi forma de existir se dividía en dos: 1) las cosas reales (los juegos, las matemáticas, los fantasmas de los dibujos animados) y 2) las cosas que no entendía. Y por eso no tenía que pensar de pequeño; porque sabía que no iba a entender las cosas que no entendía. No entendía y disfrutaba sin entender. Y las explicaciones que dábamos a las cosas que no entendíamos eran más sencillas que las reales, o más complejas, pero arbitrarias siempre, y precarias también, y se podía dar una explicación a las cinco de la tarde y cambiarla a las nueve, justo antes de irnos a cenar y de decir en casa que habíamos estado en casa

de Miguel y que había fresas para postre en casa de Miguel y que no tenían mala pinta, como queriendo decir que no habíamos comido
fresas desde el verano anterior.

Pero luego empecé a leer. Leía todo lo
que decía la gente que había que leer. Y se me
empezaron a deshacer las cosas que no entendía. Quiero decir que empecé a entender las cosas. Y me echaron a perder aquella seguridad
que yo tenía (cosas reales/cosas que no entendía). Pero a pesar de explicarme lo que no quería
que me explicaran y de echarme a perder aquella seguridad, no me dieron una nueva seguridad. Y eso no puede ser. Eso no es de personas.

Entonces no tuve más remedio que empezar a pensar. Pero empiezo a pensar y me
angustio enseguida. Pienso, por ejemplo, en el
último día que voy a estar vivo. Y me angustio.
Pero me angustio como cualquiera que tenga
tendencia a angustiarse y piense en lo mismo o
en algo peor. Eso no es nuevo. Pero cuando la
angustia me está ya dando pellizcos en la nuez,
se me ocurre pensar en Lucas y en María, que
piensan en lo mismo y, aun así, son simples y
son tranquilos. Dice María que hagan el favor
de pintar una pantera rosa en su ataúd.

Podría ser, sin embargo, que Lucas y María fueran farsantes, y que por fuera sea tranquilidad y que por dentro sea otra cosa. Pero
en cuanto les he conocido un poco he sabido que
no, que todo lo que dicen Lucas y María lo di-

cen de verdad, que todo lo que hacen lo hacen de verdad; también los calcetines que se ponen a las ocho de la mañana se los ponen de verdad.

Por eso sé que en el último día que se está vivo está la tranquilidad. Y por eso pienso en todas las cosas que tengo que hacer antes. Y sé que tengo que hacerlas sin reparo, mejor que el mejor, porque puede ser que en el último día que se está vivo no esté la tranquilidad. Puede ser que el último día que estemos vivos veamos un anuncio de detergente en televisión, y eso nos angustie más que una guadaña o cualquier otro símbolo típico, porque sabemos que los anuncios de detergentes van a seguir y nosotros no.

Aun así, creo que leo demasiado.

María. Ficciones

surreal?

Hace una semana hoy. No lloré. Por eso estoy así. No lloré nada en el entierro. Mis primas sí lloraron. Pilar, Ana. También algún primo. Lloraron menos los primos, pero les vi llorar. Yo no lloré. Aunque la caja estaba abierta y se veía perfectamente la cara de mi padre, y la nariz de mi padre sobre todo. Yo tengo igual que mi padre la nariz, pero más pequeña.

Desde entonces paso más tiempo en el baño. Y, claro, mi madre «¿Qué?» y yo «¿Qué?». La verdad es que paso demasiado tiempo en el baño. Recordando cosas. Muchas cosas de mi padre. También otras. Son recuerdos corrientes por lo general. Bonitos sí, pero corrientes.

No como ayer. Ayer recordé dos cosas al mismo tiempo. Y es raro. Porque todo el mundo sabe que no se pueden tener dos recuerdos al mismo tiempo. Los dos son recuerdos de trenes, eso sí. Quiero decir que los dos son recuerdos de cosas que me pasaron en un tren. En dos trenes mejor dicho. Y lo más importante es que en los dos, por un momento, sentí una especie de impresión. La impresión era que se me llenaban totalmente los pulmones, de forma extraña, y que veía algo parecido a zepelines por la ventana del tren. Muchos y en el cielo. Todo como soñando. A decir verdad no sé bien si la impresión la sentí entonces o la he sentido ahora, al recordarlo. Pero es igual. La cuestión es que iba en tren y que sentí la impresión (los pulmones llenos y los zepelines). Es posible que sea por eso. Es posible que sea eso lo que me haya hecho recordar las dos cosas al mismo tiempo.

Un recuerdo es de invierno. Con nueve años. En el tren. Olía a tren (es muy importante el olor, el olor a tren). Le pregunté a mi madre cuántas íbamos a comprar. Me dijo que tres o cuatro. Íbamos a comprar figuras de Navidad. Mi madre, mi hermano y yo (mi hermano está muerto). Estaba oscuro ya, a las seis de la tarde. Enfrente de nosotros había dos chicos cambiando cromos. Pero no tuvimos envidia de ellos. Porque nosotros íbamos a comprar figuras de Navidad.

Entonces fue la impresión (con los pulmones llenos y con los zepelines aquí y los zepelines allí). No veía ni cromos, ni chicos cambiando cromos, ni a mi hermano, ni olores de trenes. En todo estaba la impresión (zepelines sobre todo, y los pulmones llenos de aire y llenos de algo más también, diría yo, llenos de algo así como chocolate, por ejemplo).

El otro recuerdo es de primavera. Era una mañana y lluvia. Ahora iba con mi padre, a ver fútbol, en tren. Tenía doce años, o trece.

Mi hermano estaba muerto ya. El olor era *after-shave,* de mi padre. El vagón iba vacío. Sólo una pareja de personas mayores. Iban todo el rato mirando hacia delante, hasta que en una parada el hombre giró la cabeza y miró la cara de la mujer. Después siguieron mirando hacia delante todo el viaje. Y entonces me volvió aquella impresión, la de los zepelines y la de los pulmones.

Todavía sigo pensando que esos dos recuerdos que me llegaron al mismo tiempo son lo mejor que he tenido nunca. Quiero decir que desde entonces no me ha vuelto a pasar nada igual. Pero que si me ha pasado dos veces, por qué no me va a pasar otra. Por eso he decidido hacer la prueba. Por eso he decidido montar en todos los trenes que pueda. En todos los trenes.

4.

El Día de Todos los Santos se venden bastantes flores, de Colombia la mayoría. Las expediciones del Shisha Pangma hacen un nuevo intento; no tienen conocidos en los cementerios. Y en la radio ponen sinfonías, en caso de lluvia o frente nuboso.

El día en sí

Lucas le dijo a María que no quería ir al cementerio, que estaba cansado y que quería ver las olimpiadas en la televisión, y que, si tenía tiempo, iba a leer el artículo del Annapurna en la revista, que le faltaba la mitad. Luego le explicó que uno de los de la expedición lo estaba pasando mal y que le decían que se volviera, que venía tormenta, que se veía claro en el cielo y en las ciento veinte pulsaciones por minuto que tenían.

María le dijo que el Annapurna no se iba a mover, que los dioses llevaban horas sin mover montañas, y que tenía días y días para ver las olimpiadas y solamente el Día de Todos los Santos para ir al cementerio.

Lucas se empeñó en que ya iría al cementerio dentro de dos semanas, que por qué hoy,
que sólo faltaban doce días para que se acaba-
sen las olimpiadas y «¿Por qué hoy, María?»,
que no lo entendía.

Cuando se vio sitiada, María le ofreció
chocolate, para que se dejara de olimpiadas y
Annapurnas y fuera al cementerio. Era un so-
borno el chocolate. Al principio se resistió Lucas, pero pronto empezó a imaginarse un Annapurna todo de chocolate, y pensó que era
posible que en la retransmisión de las olimpiadas no hubiese atletismo, sino hípica, y que la
hípica también era olimpiadas, pero un poco
menos que el atletismo y que la gimnasia, y que
se iba a aburrir igual viendo hípica y en el cementerio, pero que en la hípica se iba a aburrir
sin chocolate.

—Si no nos damos prisa —dijo Lucas
cogiendo la gabardina—, no llegamos a la misa.

*

En la estación solía haber más gente,
eso sí, pero a Marcos le gustaba la avenida para
tocar la guitarra. Era peatonal y era sin trenes.
Por eso le gustaba más. Pero le gustaba, sobre
todo, desde que empezó a recibir avisos.

Marcos tenía alguna manía. Nunca tocaba, por ejemplo, en el mismo sitio del día anterior. De un día para otro se movía, por obli-

gación, nueve metros o cinco milímetros; pero, eso sí, cinco milímetros por lo menos, con tal de no tocar en el mismo sitio del día anterior. Así empezaron los avisos en la avenida: todos los días encontraba Marcos lienzos doblados hasta la angustia en el lugar del día anterior, debajo de una piedra, en una alcantarilla. Eran cuadros. Eran cuadros a pastel, cuadros con colores por todos los sitios. Eso eran en general. Las pinceladas tenían sentido del humor. Y eran avisos todos esos cuadros. Y al ser avisos, tenían que tener algún significado, seguro; pero debían de ser avisos en sánscrito o, como mucho, avisos en esperanto, porque entender se entendían, pero poco. Y estaban firmados: Roma Malo. Y la firma sí; la firma tenía un significado claro: «Me llamo Roma Malo y es Roma Malo la que te manda este aviso». Eso era lo que significaba. Roma Malo.

Estuvo a punto de coger el listín telefónico. Buscar el teléfono de Roma Malo, llamar a Roma Malo. Pero no, el listín no. Tenía que ser de otra manera. Pero tampoco estaba para perder el tiempo; podía aburrirse Roma Malo. Entonces se acordaba del listín otra vez. Pero no, era fácil el listín.

Una mañana encontró el cuarto lienzo en la avenida. Pero se atragantó un poco, porque había estado lloviendo. Se había mojado una esquina del lienzo, a pesar de estar bien metido entre dos piedras. Lo sacó con cuidado y empezó a desdoblarlo con la misma paciencia con la que comen los gatos las aceitunas. Lo primero que vio fue la firma, totalmente seca. Roma Malo.

El lienzo estaba mojado en el centro: el agua había esparcido los colores. Ya no eran pinceladas derechas, ya no eran líneas; ahora era un círculo en color. Y le parecía a Marcos, no se sabe muy bien por qué, que ese círculo era su respuesta a Roma. Y que el agua había contestado por él. Ese círculo que había hecho el agua era su que sí, su claro que sí, Roma, cómo no. Así quiso creerlo Marcos. Después tocó algo pensando en Roma, hasta que sintió la difícilmente delegable necesidad de expulsar ciertos líquidos de su cuerpo, cosa que en ningún modo impide el pensamiento romántico, pero que lo excluye, en cualquier caso, de su carácter sublime.

*

Desde la casa de Lucas y María hasta el cementerio había veintisiete balcones de madera. Lucas pensó que sería curioso morirse en el camino del cementerio. Pero no le apetecía morirse todavía; no antes de la final de cien metros lisos. Además, si llegase a morir en el camino del cementerio traería un grave problema a la conciencia de María, porque había vendido a su hermano por unas pocas onzas de chocolate, que era bastante peor que negarlo tres veces antes de que

cantara el gallo. Por eso iba mirando Lucas a los
balcones de madera y a las cesiones que hacían
los perros al municipio en forma de volúmenes
semicilíndricos y marrones. Y cuando vio y contó el balcón número dieciocho, se dio cuenta
de que bajo su zapato cambiaba de forma uno de
aquellos volúmenes semicilíndricos y marrones.
Se empezó a reír, y María le preguntó «¿Qué?»,
porque no había visto, y le volvió a preguntar
«¿Pero qué?», y fue entonces cuando se dio cuenta y ella también se empezó a reír. No se reían
por el olor del zapato de Lucas, por supuesto;
reían porque si algo había todavía que les hiciese disfrutar, era entrar en los céspedes a lim-
piarse las suelas de los zapatos (los Días de Todos los Santos sobre todo). Entraron, pues, a un
césped y empezaron a restregar los zapatos contra
la hierba, y gimieron y aullaron y barritaron, para escándalo de una mujer que pasaba por allí y
que había tenido una educación ligeramente de-
sacompasada. _irregular_

*

—¿Sí? ¿Quién es? —dijo María en el te-
léfono.
—¿María? Teresa —respondió la prima
de María, Teresa.
—¿Todo bien?
—Todo bien.
—Dime.

—Mira..., ese chico que habéis metido en casa...

—No hemos metido; entró él solo.

—Peor.

—Pues él está bastante a gusto.

—Mira..., la familia cree...

—Hombre, la familia.

—Hombre no, María, las cosas son así.

—¿Las cosas? Por favor.

María colgó clinc.

*

A Roma se le enredó un pelo entre los dedos. Estaba pensando delante de la ventana y esperaba ver a alguien. Pero el pelo no le dejaba estar atenta a la calle; de vez en cuando tenía que dejar de mirar por la ventana para vigilar su mano. Si es que quería desenredar el pelo. Pero no era tan fácil: un extremo del pelo había creado una especie de vínculo amistoso con la manecilla del reloj. Era un pelo rojo. Bastante indeseable. Como todos los pelos rojos. No le gustaba a Roma su pelo rojo. En otoño llegaba a odiar su pelo rojo. Pero era un odio moderado. Y, a decir verdad, así, aislado, parecía rubio incluso. Y se alegró Roma de su pelo rubio, hasta que empezó a pensar en las personas rubias y en las ansiedades que tenían y en los desasosiegos que tenían.

Tiró del pelo y lo rompió. Parte de él quedó, sin embargo, enganchado en la mane-

cilla. Y era el rabo de una lagartija roja y colea-
ba igual.

Volvió a mirar a la calle. Le faltaban veinte minutos para coger el coche, para ir a trabajar. Se acercó más a la ventana. Si no lo veía
entonces, no vería a Marcos en todo el día. De
hecho, Roma llamaba Marcos a Marcos, aunque no lo conociese; igual que podía llamarle
Santos o llamarle Félix. Pero había decidido
Marcos, y era Marcos desde el primer día; y había decidido, del mismo modo, que los padres
de Marcos se llamaban Mateo y María.

Marcos tenía una nariz suculenta. «Se
llama Marcos, seguro», pensaba Roma, y luego
pensaba «nunca ha venido tan tarde», y luego pensaba «igual está enfermo».

Se apartó de la ventana y volvió a acer-
carse al cuadro. Era un cuadro imposible de
acabar. No se dejaba acabar el cuadro. Willem
decía que siempre hay un cuadro difícil de
acabar. Roma cogió el pincel. «Es más», decía
Willem, «casi todos los cuadros son difíciles de
acabar». Roma dio una pincelada después de estar nueve minutos pensando. Cuanto más se sabe de pintura, más difícil es acabar los cuadros.
Eso decía Willem.

Tiró el pincel en el aguarrás y corrió a la
ventana. Corrió con insolencia. Se ahogó. No
había llegado Marcos todavía.

Roma se tenía que empezar a vestir. Fue
al dormitorio y se quitó la ropa de casa. Dudó

delante del armario, qué ponerse. De pronto se
le ocurrió que Marcos podía haber llegado en
aquel momento y, tal y como estaba, medio desnuda —en ropa interior—, cruzó toda la casa,
hasta la ventana. Abrió la cortina escandalosa-
mente, mucho más de lo que necesitaba para ver
la calle. Y le dio un poco de vergüenza, porque
Marcos podía estar allí abajo, mirando hacia
arriba, y porque ella llevaba una ropa interior
enormemente didáctica.

Pero Marcos no estaba en la avenida,
y Roma llegó siete minutos tarde al trabajo, y
además «igual está enfermo».

*

Lucas se desató despacio los botones del
pantalón. Vio una hormiga en la pared y dio
un paso a la izquierda. No les sientan bien los
líquidos a las hormigas. Se angustian con los líquidos. Pero no fue demasiado grande el paso que dio Lucas hacia la izquierda, porque
María le había encontrado un buen sitio para
desahogarse —detrás de la estatua de un mausoleo—, y estaba a dos pasos de quedarse a la
vista de todo el mundo, en un cementerio grande, un Día de Todos los Santos.

El ángel del mausoleo tenía cara de entender poco. Y cuando estaba Lucas en mitad
del desahogo, se dio la vuelta y apuntó a los
pies del ángel. Le emocionaba pensar que bajo

aquel mausoleo estaba el antiguo alcalde, o algún diputado.

Quiso, sin embargo, el destino, que es analfabeto la mayoría de las veces, que una chica que venía de dejar flores en los nichos viese toda la virguería de Lucas. Le dedicó éste una cariñosa sonrisa y la joven, con el mismo tipo de cara del ángel del mausoleo, intentó una sonrisa similar, convirtiendo aquel encuentro en algo parecido a una recepción episcopal. La chica desapareció rápido, como desaparecen los dolores musculares y como desaparecen las cosas que desaparecen rápido.

Lucas se ató los botones y se acercó a María. Ocho minutos para la misa. No había sillas (detalle importante para Lucas, cansado incluso antes de salir de casa). Lucas tocó el hombro de la persona que tenía delante. Era un hombre serio y gordo.

—¿Por qué ha venido hoy aquí? —le dijo Lucas.

El hombre giró su kilo y medio de gafas, miró a Lucas y volvió a retomar la postura, sin llegar a contestarle.

María sudó de risa. Lucas, entonces, torció el cuerpo hacia la derecha y preguntó a una señora maquillada:

—¿A qué ha venido aquí?

—A visitar a la familia —dijo la mujer. Con voz de jirafa. De cría de jirafa.

—¿Y por qué hoy?

Quedó muda. Contestó su amiga por ella (otra señora maquillada):

—Porque es el Día de Todos los Santos —con voz más parecida a la de una jirafa. A la de una cría de jirafa.

Lucas dijo «¡Ah!» y dio un paso hacia atrás. Quería seguir la encuesta. La risa ahogó a María, y perdió de vista a su hermano. Para cuando quiso darse cuenta, no había nada parecido a Lucas junto a ella. María, nerviosa, buscó por todas partes, pero ni rastro de Lucas. Salió de entre la gente y buscó.

Viendo que no estaba en los alrededores y sufriendo un poco más cada minuto, María habló con cuatro hombres que hablaban de boxeo y de jerséis. Los hombres movilizaron a casi toda la familia que, cómo no, había ido al cementerio a visitar a la familia y, con una sistematización no exenta de uno o varios líderes, buscaron en cada milímetro cuadrado de cementerio hasta que, dentro de un panteón, alguien gritó Aquí.

María se acercó al panteón —Familia Gandarias— y bajó las escaleras. Lucas estaba tumbado en la mesa de mármol, en el centro de las tumbas.

—¡Lucas!

—¿No estás cansada, Rosa? Ven a la cama —le dijo a María.

Se necesitaron tres personas para bajar a Lucas de la mesa. Tardó cerca de dos minutos en subir las escaleras, y arriba lo recibieron con aplausos. Aplaudieron todos, a excepción de aquellos a los que les daba rabia aplaudir cuando la situación no estaba hecha para aplaudir, y a excepción, claro está, de la familia Gandarias y satélites de la familia Gandarias.

—¿A casa, Lucas?

—A casa, María —dándose más cuenta.

Anduvieron entre plantas, hacia la puerta del cementerio.

—¿Vamos a ver a Rosa? —María.

—Rosa no está aquí —Lucas.

*

Roma aparcó mal el coche, como si tuviera prisa. Las escaleras de la plaza las subió despacio, sin embargo. Estaba cansada, del trabajo, le sudaban los reflejos, y le parecía que a veces las escaleras bailaban y que otras veces se derretían. Pensaba sin orden, con muchas comas, con frases interrumpidas, con frases muy cortas o con frases exageradas. Y de la misma forma que le daba igual la gramática, le daba igual todo lo demás, y era capaz de hacer cualquier cosa, y era capaz, también, de quedarse sin hacer nada. Le gustaba estar así además. Porque cuando estaba así dormía con holgura. Y cuántas escaleras. Y ponerse el pijama. Y dormir.

Andaba poca gente por la calle. Roma pensaba en Marcos, y pensó que ya no estaría en la avenida, que hacía frío para estar en la avenida. Sintió algo ocre. Algo ocre mezclado con azul cobalto, porque no había visto a Marcos en todo el día, ni ahora, ni antes de ir a trabajar. Por eso decidió no pensar más en Marcos y pensar en sus cuadros y en los cuadros de otras personas. Y pensó en los óleos y en el aguarrás.

Y se acercó a la avenida pensando en todo eso, y no se oía música. Tenía los cuadros en la mente, pero un trozo de cerebro se daba perfecta cuenta de que era demasiado tarde y de que no se oía música y de que Marcos debía de estar en casa ya. Por eso se asustó Roma cuando vio una guitarra en el suelo y cuando vio, al lado de la guitarra, a Marcos, de rodillas, leyendo un libro irlandés.

«Tener un gramófono en cada tumba o guardarlo en casa. Después de la comida, el domingo. Pon al pobrecillo bisabuelo. ¡Craahaarc! Holaholahola mealegromuchísimo craarc mealegromuchísimodeverosotravez holahola gromuchi copzsz. Recordar la voz como la fotografía recuerda la cara.»

Roma abrió los ojos como se abren los cubos de basura, y se le llenaron de hormigas, rojas y negras, malas algunas, amables en general. Sin pensarlo mucho, o habiéndolo pensado demasiado, Roma se puso delante de Marcos, esperando. Marcos siguió leyendo hasta que se dio cuenta de que alguien le estaba mirando. Levantó los ojos y se le llenaron de hormigas,

rojas y negras, comunes dos o tres, librepensa-
doras la mayoría.

—¿Roma? —dijo.

—Roma —dijo Roma.

Cuando el día empieza
a dejar de ser día

Encendieron la televisión y vieron al
Papa. El titular era El Papa en la India. Cami-
naba por una explanada importante (despacio, eso sí); por una explanada que podía ser el
propio aeropuerto o la parte delantera de un
palacio. Lo acompañaban políticos hindúes o
actores contratados para la ocasión. Lo que
más se veía por la televisión era el calor de la
explanada, y el Papa, vestido con la sabiduría
de todo protocolo (setecientas diez capas), debía de perder de tres a cuatro kilos por cada
paso y medio que daba. Tendría sed seguramente.

Durante el mismo día había visitado la
tumba de Mahatma Gandhi. En una explanada más ancha y más calurosa. Eso vieron, al
menos, la angustia de Marcos y la angustia de
Lucas. Llegó el Papa hasta Gandhi y empezó a
tambalearse, a marearse, hasta perder el equili-
brio. Apareció una mano por la izquierda de la
pantalla; sostuvo al Papa.

—Ya jubilarán a ese hombre algún día —dijo Lucas.

—No se puede jubilar —María.

—¿Por qué?

—El cielo de la India también: no hay otro —María.

—Bien a gusto pasearíamos el Papa y yo —explicó Lucas—: Alrededor de la estación. Despacio, eso sí.

—Los ojos de los hindúes —gritó Marcos—, fíjate en los ojos de los hindúes.

—Le hablaría de Rosa —Lucas—, al Papa.

*

—He empezado a escribir un cuento —le dijo María a Marcos.

—Ya era hora. ¿Y?

—Bien. Al principio es un cuarto de baño, y una chica hablándole al cuarto de baño; al final todo lo contrario.

*

Lucas gritó Marcos, Marcos, Marcos, desde el sofá, como si le tuviera que decir algo importante. Marcos llegó corriendo y se sentó al lado, como diciendo qué pasa o como diciendo no tendrás algo malo. Lucas le dijo que había catorce grados en Lisboa y tres en Dublín.

Que en Viena habían reunido a los mejores músicos del mundo para formar una orquesta extraña a favor de algo. Que un político le había tirado el micrófono a otro. Que en Australia habían necesitado un camión lleno de bomberos, dos ambulancias y cuatro artificieros para rescatar un koala de un precipicio.

Lucas dijo todo con ilusión, como si fuera uno de los organizadores del concierto o, más aún, como si fuera uno de los músicos; uno de Belgrado, por ejemplo. O si no del mismo Belgrado, de las afueras de Belgrado.

Marcos agarró el cuello de Lucas, de la misma forma que se agarran los cuellos de los koalas a punto de despeñarse. En Australia.

fail over a cliff

*

Lucas estaba solo delante de la televisión. Eran las olimpiadas, los saltos de longitud. Lucas se divertía como siempre, calculando la distancia de los saltos antes que los jueces. Al final ganó Thompson. Después dudó: no estaba seguro si se llamaba Thompson, o se llamaba Smith, o Reynolds. Pero pensó que no, que claro que se llamaba Thompson, y se acordó del inglés que conoció de joven, que también se llamaba Thompson. Se le ocurrió que el de la televisión podía ser un nieto del inglés. Pero el saltador era negro y el amigo de Lucas pelirrojo, y más tarde se acordó de que lo habían fusilado en Madrid y de que no tenía hijos. Novia sí; novia sí tenía, en su pueblo, en Cardiff, y fue el propio Lucas el que le escribió a la chica, que era pelirroja también. Lucas siguió recordando, y recordó que el pelirrojo no se llamaba Thompson, sino Johnson, y que era un buen chaval y que siempre parecía que tenía el pelo limpio, aunque no tuviéramos tiempo de lavarnos.

—Ha ganado Jackson —le explicó a María cuando entró en la sala.

—Ha ganado Johnson el salto de longitud —le dijo a Marcos tres horas después, cuando llegó a casa.

*

Antes de conocer a Lucas, Marcos no sabía que en el mundo había catorce montañas de ocho mil metros. No sabía dónde estaba Katmandú. No sabía lo que podía ser una cosa llamada Annapurna. Pero nada más conocer a Lucas supo que el Shisha Pangma era el más pequeño de los ochomiles y que tenía una forma curiosa y un peligro importante también; supo que una expedición japonesa pasó de largo al lado de unos colombianos que se morían en el segundo campamento, y supo que alguien había dicho que el Nanga Parbat (8.125 metros) era como una hiena, pero que no se reía y que tenía colores diferentes, y que en eso no se parecía a las hienas.

Lucas llevaba días nervioso; la televisión no hacía más que anunciar un reportaje sobre la última expedición al Shisha Pangma. Y cada vez que veía Lucas el anuncio, llegaba a contárselo a Marcos tres veces.

Al final contagió a Marcos, claro. Y esperó el reportaje con las mismas ganas que Lucas. Pero la víspera del programa Lucas amaneció con dolor de garganta, y con un poco de fiebre, y no pudo mirar al Shisha Pangma con toda la atención que hubiese querido.

*

—Que de joven escribías —le dijo Marcos a María—. Me lo ha dicho Lucas.

—Bueno... —María.

—¿Y ahora?

—Por favor.

—¿Por qué por favor?

—Ahora no tengo...

—No vas a tener. Un cuento aunque sea.

—Por favor, Marcos.

*

—He conocido a una chica hoy —dijo Marcos.

María. Ficciones

Aunque se lo explicara, no lo entendería mi madre. «Tonterías», diría. Diría que tengo que estar con ella, «sobre todo ahora», diría. Me diría que ahora que se ha muerto mi padre. Y volvería a decir «tonterías». No lo entendería. Mi madre.

Y yo le seguiría diciendo eso, que tengo que andar en tren, que tengo que probar todos los trenes que pueda. Y para eso, le diría, tengo que salir muy pronto de casa. Hasta tarde. Y que muchos días no vendré ni a comer. Y mi madre no lo entendería, y me diría sólo las gallinas andan así, todo el día fuera de casa. Le tendría que volver a explicar que una vez tuve una especie de impresión en un tren y que tengo que buscar en los trenes. «Porquerías», diría ella, y entonces me arrepentiría de haber empezado a hablar con mi madre, porque es ridículo decir que tuve «una especie de impresión» y porque, aunque lo hubiera dicho mejor, no lo entendería mi madre, y diría «tonterías», o diría «porquerías».

Por eso me he ido hoy de casa. Sin avisar. Ya sé que cuando vuelva vamos a tener fiesta en casa. Me he ido así y todo.

Primero he cogido el tren del pueblo. Pero es demasiado conocido, y moderno. Yo creo que si tengo que encontrar algo lo voy a encontrar en algún sitio raro, pero el tren del pueblo lo conozco mucho y es muy normal.

Se han sentado dos monjas enfrente de mí, y una de ellas quería recordarle a la otra un poema que había olvidado (no sé seguro si era un poema o una receta de cocina). Entonces he querido creer que sentía algo, pero no he sentido. He querido creer. Pero no ha habido ni impresión, ni zepelines, ni nada. Ha sido corriente y ha sido común. Ha sido sin más.

Después he cogido otro tren, el del sur, el que va hasta el final de la provincia. He mirado mucho por la ventana y he pensado, vete a saber por qué, en mis intestinos, en cómo estarían. Cuando en una estación se han ido todos los que estaban en el tren, me han entrado ganas de reír. Y me he reído. Sin sustancia. Entonces ha entrado un hombre joven al vagón, y no he podido aguantarme y me he seguido riendo. Pero menos, claro. El hombre llevaba gafas redondas y se peinaba como hace setenta años, y no tenía en la cara ni granos ni nada.

Ahora estoy en casa. Y disfruto recordando el día, aunque no haya servido para mucho al final. Diría que hasta estoy a gusto. Si no fuera por la histeria de mi madre. Desde el baño se la oye menos. Ahora estoy encerrada en el baño. Porque en el baño se oye poco, si se quiere oír poco.

Marcos

Ha sido triste. Entrar a la biblioteca y, como siempre, mirar en todos los estantes, sin orden, de libro en libro, los leídos y los no leídos, y recordar qué era lo que había ido a buscar (Borges, Jorge Luis) y empezar a mirar metódicamente: Bor, Bor, Bor..., y en vez de Borges encontrar «Boralli, Ivan» y extrañarme, porque no conozco a Boralli de nada y porque he preguntado después a gente que sabe mucho de literatura y ellos tampoco, y coger el libro, *Los diez anteojos,* 1876, y ha sido triste: no porque yo o mis amigos o todas las enciclopedias del mundo o Internet no conozcamos a Boralli, sino porque el hijo de la hija de la hija del hijo del propio Boralli tampoco lo conoce; porque suficiente tiene con saber cómo se reenvía un mensaje de correo electrónico o con recordar el título de un libro escrito por un ex futbolista ex rumano. Ha sido triste, igualmente, sospechar que Ivan Boralli no haya sido más que un estorbo para encontrar lo que estaba buscando (Borges, Jorge Luis).

Luego me he acordado de lo que yo mismo llevo escrito hasta ahora. Y me he imaginado que mi nombre es Ivan Boralli, o algún otro más vulgar; que voy a ser un estorbo más en una biblioteca, dentro de ciento once años. Además, el verdadero Ivan Boralli sería, seguramente, notario de prestigio, y la gente le saludaría con nervios en las piernas, los domingos. Se sabe, por otra parte, que su erudición era enciclopédica y su carisma escandaloso.

Así que he reconocido que estoy diez puntos por debajo de Boralli. De hecho, ser notario son dos puntos, la erudición enciclopédica otros tres y el carisma cinco.

Y siempre que voy a la biblioteca me pasa lo mismo, con Ivan Boralli, con Antanas Dztnik o con Erhard Horel Beregor. Ellos son los viejos y yo soy el nuevo, y me puedo reír de lo que escribieron, y rara vez me contestan.

Pero esa impresión no sólo la tengo en la biblioteca; pienso lo mismo cuando veo astronautas. En ese caso, sin embargo, los astronautas son los nuevos y yo el viejo. Y son ellos los que se ríen de mí, y soy yo el que no puede contestar. O sí.

Al final no he cogido ningún libro de Borges. Dicen que la nariz de Borges era lo más parecido a una enciclopedia.

Matías. Cartas

Ya lo ha decidido mi padre: voy a ser abogado. Voy a estudiar en Madrid, en una pensión, y voy a tener buenas calificaciones. Después voy a poner un despacho allí mismo, en algún sitio céntrico, voy a trabajar hasta las nueve de la noche y voy a casarme enseguida. Voy a tener cuatro hijos, y un señor, de nombre Pedro, me llamará abuelo antes de que me dé cuenta de que tengo setenta y tres años.

Estoy muy contento, Lucas. Mi vida no tiene agujeros; para eso está mi padre. Pero vamos a imaginar, por un momento, que no me disgustan los agujeros, y que hace tiempo que han debido de marcharse de Madrid las cosas que me gustan a mí. Porque es imposible pensar que en Madrid queden todavía, por ejemplo, ranas. Y eso es lo que me gusta a mí a veces: ir a donde las ranas. Y en Madrid no podría ir a donde las ranas, ni a donde Juan, ni a donde Tomás, ni a donde ti.

Tú eres un poco igual que yo, y te gusta más hacer regalos que trabajar. Y en vez de hacer muebles para vender, pasas más tiempo haciendo relojes para los amigos, para regalar. A mí también me gustaría cerrar el taller a las seis (o antes), para ir a pasear con Juan, o con Ángel, o con Tomás, o con todos. O, mejor, con aquella chica que conociste el otro día (Rosa creo que se llamaba).

También iría a gusto a Madrid. Pero no así. Algo ya aprendería en Madrid. Madrid es un sitio interesante; no para un abogado, sino para alguien que le guste ir a donde las ranas, porque en Madrid sentiría nostalgia de las ranas, que es la nostalgia más noble. Ya iré algún día a Madrid. No ahora. Ahora he hecho las pruebas para conductor de tranvía.

Lucas. Ejercicios

El mercurio por ejemplo. Imagina una gota de mercurio encima de una mesa de mármol. Luego levanta la mesa y deja resbalar al mercurio. Es como agua pero más perfecto, porque es metal y porque no se seca. Si tiras agua por un cristal, se esparce y se derrite. Y se seca además. El mercurio no. El mercurio es la gota más perfecta que existe. Y aunque el acero sea muy espectacular, el mercurio es más espectacular que el acero, porque es líquido, y frío. El mercurio es una cosa curiosa.

Una vez le hice un reloj de cuco a un cliente. Por fuera era normal. De buena madera pero normal. Lo diferente era el cuco. La mitad era de madera (de haya) y la otra mitad de cristal. La parte de cristal la hice vacía. Después la rellené con mercurio. Quedó elegante. Quedó como para vivir con él. Creo que le gustó al cliente. Era médico. Don Álvaro. El único médico entonces. Hoy todo el mundo es médico.

Tomo demasiadas pastillas. Siete, nueve, diez. Más igual. Todos, todos los días. Unas son rojas y otras son marrones. Otras son blancas y se deshacen en la boca. Tengo la impre-

sión de que me como piedra caliza, con las
pastillas blancas. Casi todas las pastillas son de-
sagradables, menos las de las diez de la noche.
De un día para otro no soy capaz de acordarme
de las horas de las pastillas (tengo un cuaderno). Pero de la pastilla de las diez sí me acuerdo,
porque es la de después de estar hablando con
Marcos y con María, cuando el día empieza a dejar de ser día, que es como solemos llamar a esa
hora en esta casa. La pastilla de las diez es verde y amarilla y, aunque es más grande que las demás, la suelo tragar bastante cómodo.

Marcos nos dijo ayer que quiere encontrar un trabajo un poco más serio. Dice que es
economista, que acabó la carrera hace unos
años. Y que empezó otra carrera también, pero
que la dejó en cuarto curso. No he entendido
muy bien por qué dejó la carrera. Roma es
agradable. Creo que a don Rodrigo también le
gusta. Roma Malo. Dentistas de mucha fama
su padre y su abuelo. Don Roberto y don Ju-
lián Malo. Roma es pelirroja.

Hoy ha sido la tercera vez que he mojado los pantalones.

María ha dicho que mañana tenemos
que ir al médico. Se me había olvidado. Si lo
he sabido alguna vez.

5.

El día en sí

Fue Marcos el primero en subir al muro. Eran algo más de dos metros. Se puso de pie. De idéntica forma a la que se pondría de pie encima de un muro de algo más de dos metros cualquier persona de treinta y cuatro años. Incluso cualquier persona de treinta y tres años. Después, toda su atención se fijó en el lápiz que llevaba en el bolsillo: quería comprobar si la escalada al muro había roto la punta. Pero la punta estaba intacta.

Después se puso de rodillas y cogió la mano de Roma. Y de haber una sola persona encima de un muro de algo más de dos metros, de piedra, pasó a haber dos personas encima de un muro de algo más de dos metros. Desde allí se veía perfectamente la zona trasera del caserón y una parte del jardín. Decían que era de un político la casa. De un político que respiraba con una máquina cuando no estaba en público y que, cuando estaba en público, decía que no pasaba un fin de semana sin coger la bicicleta y sin subir dos o tres puertos de montaña, y que hacía poco había subido el Galibier, con un amigo y con un belga que tenía una imprenta en Nantes.

Lo raro era que el político estuviera en casa. Iba y venía con la máquina de respirar. En la parte de atrás del caserón había cuatro ventanas. Las cuatro tenían las persianas bajadas. Roma respiró un poco.

Marcos saltó al jardín, sin tener en cuenta la dirección del viento. Se hizo daño en las plantas de los pies. Roma bajó de forma mucho más elegante. Por culpa de la falda seguramente.

El jardín era cuesta y era grande. El objetivo de Roma y de Marcos era el césped de la parte superior. Desde allí se veía todo el jardín. También unos litros de mar. No querían que les viera nadie: Marcos se tiró dramáticamente al suelo y, como en las fotografías de la Segunda Guerra Mundial, se arrastró un poco manchándose mucho. Roma se tumbó encima de él y le mordió la oreja izquierda.

Y fue así como llegaron a aquel trozo de césped de la parte superior de la casa. Y vieron todo el jardín y una banda azul que parecía que quería dar a entender que era la mar o una parte de la mar, y que lo mismo podía ser un toldo o una parte de un toldo (azul). Se sentaron en la hierba, juntos y formales: Marcos sacó el lápiz del bolsillo; Roma papel y una goma de borrar.

Habían entrado allí a jugar. El juego era simple: Marcos escribía, por ejemplo, *No hay*

ambulatorios para los pájaros que van a África. Si
Roma veía algún elemento que no le gustaba, lo
borraba con la goma. Después introducía alguna novedad, que podía ser *Los pájaros que van a
África no necesitan tarjetas de crédito.* Había veces, sin embargo, en las que la frase quedaba
totalmente desfigurada; tal como *Los pájaros no
necesitan subvenciones del gobierno para llegar a
África.* Entonces era Roma quien escribía la siguiente frase: *Con las plumas de algunos pájaros
que van a África se podrían hacer kleenex de lujo.*
Llegados a este punto, correspondía a Marcos
usar la goma de borrar, pero frases así eran im-
posibles de corregir y lo que hacía era proponer
una tercera: *Habrá algún pájaro que se enamore
de la hiena más fea de África.* Roma entonces:
*Habrá algún pájaro que se enamore de la máqui-
na de Coca-Cola de una calle de la ciudad de Nairobi.* Pero Marcos: *Habrá algún pájaro de los que
vayan a África que tenga alergia a las máquinas
de Coca-Cola de las calles de la ciudad de Nairobi
y que prefiera quedarse mirando a una especie de
lagartija que hace como que baila, encima de la
arena o encima de una piedra.*

Y viendo Marcos que el juego estaba totalmente echado a perder, cuando hacía Roma
ademán de cambiar la frase, metía la goma de
borrar entre dos botones de su blusa.

Y Roma hurgaba en el ombligo de Marcos.

Etcétera.

*

Rosario vivía sola desde que su hijo se mató en una pista de tenis y su hija había ido a casarse a la isla de Man. Aún más sola se sentía desde que se enfadó con los vecinos de arriba, con María y con Lucas (sobre todo con María), hacía ocho años. Sabía en todo momento, sin embargo, cualquier cosa que hicieran Lucas y María. Supo que estuvieron en el hospital y por qué, supo que María se cayó por las escaleras, supo que metieron en casa a un maleante. Y, cómo no, también sabía que aquel día, Nochevieja, tenían una invitada. Una chica pelirroja, la hija del dentista.

Y mientras comía un trozo de merluza que llevaba ciento diecisiete días en el congelador, Rosario escuchó palabras suaves en el piso de arriba, y un par de risas; después escuchó una discusión en tonos azules y grises, carcajadas, gritos con bufanda, más risas. Y cuando Rosario estaba masticando el segundo mazapán, se oyó una guitarra, y canciones tolerables al principio, más vivas después y pronto canciones impuras, de mal gusto, anticlericales.

Rosario, entonces, con toda la potencia de sus pulmones de setenta y ocho años y con medio kilo de mazapán en la boca, empezó a dar gritos mirando a sus vecinos de arriba: que qué escándalo era aquél, que se callasen de una vez. Como si le hubieran impedido dormir, como si hubiera tenido intención de irse a dormir.

Los primeros siete gritos pasaron desapercibidos arriba. El octavo fue un grito más corrosivo, y María pidió a los demás que estuvieran un poco en silencio. Se oyeron el noveno y décimo grito. María llenó una copa, de champán, y salió al viento sur del balcón. Empezó a hablarle a Rosario. Rosario abrió un poco el balcón cuando oyó la voz de María.

—Rosario —dijo María suave.

Rosario empezó a andar por la sala, tres o cuatro pasos, para volver enseguida a la puerta del balcón. No respondió.

—Rosario —María otra vez—, ven a tomar una copa, mujer.

Rosario no reaccionaba. María pensó que era un buen esfuerzo el que estaba haciendo, y le dolió que Rosario no contestara.

—En el purgatorio... —dijo María, pero empezó a toser y le entró un hipo como de gato. No sabía cómo acabar la frase— ... no hay ni sofás.

María pensó que había dicho una cosa extraña. Y teniendo como tenía una ligera costumbre de despistarse [to get confused] cuando empezaba a pensar en algo, se le escapó la copa de la mano, y fue a estrellarse en los tiestos de Rosario. Ésta cerró rápidamente la puerta del balcón y sintió nervios en las manos. Dio cinco vueltas y media al salón antes de sentarse delante del teléfono.

Y llamó a la policía. Que los vecinos de arriba estaban venga a gritar, que no le dejaban dormir, que no hacían sino blasfemar, contra ella misma y contra algún cura y contra algún párroco, y que le habían tirado una copa de champán. El policía le dijo que sí, que tenía unos vecinos que eran el Mal en persona, pero que en aquel momento había mucho trabajo en la comisaría y que no iban a poder ir. Y le siguió diciendo que, si quería, tendría mucho gusto en ayudarle a preparar el contraataque, que para eso estaban. Le aconsejó que hiciese ella lo mismo y que les tirase otra copa a los vecinos de arriba, pero que en vez de llenarla de champán, la llenase de licor de color rojo; que toda salpicadura de licor rojo siempre reviste de cierta vistosidad a cualquier evento bélico de tamañas características.

*

Marcos empezó en la nuca y, bajando por la columna, hizo que su dedo llegase a la cintura. Roma estaba desnuda.

*

A Lucas siempre le había parecido que las vías que utilizaba la compañía del ferrocarril para limpiar los trenes, no eran para limpiar los trenes; siempre le había parecido que eran para matar trenes. Se veía claramente que les costaba respirar a los trenes, que tenían una tos fea. Ésa era la impresión que le daba a Lucas. Era una impresión sencilla, eso sí, sin ramificaciones.

Lucas solía andar entre los vagones cuando no estaba Rosa. Hablaba con los que limpiaban los trenes. Ahora había tres chavales; hacía cuarenta años un viejo: Arturas. Eran elegantes las conversaciones entre Arturas y Lucas. ¿Mucha basura, Arturas? Menos que en el infierno. (...) ¿Qué tiempo va a hacer, Arturas? Mejor que en el infierno.

A Lucas le gustaba estar cerca de las ruedas de los trenes. Desde los andenes de las estaciones no podía ver las ruedas, pero sí desde allí; era un privilegio estar allí. Y solía coger un clavo en el taller y hacía dibujos en la roña de las ruedas, y algunos dibujos seguían en el mismo sitio al de una semana, cuando los volvían a traer a limpiar, pero muchos de ellos no eran ya ni siquiera dibujos, eran un poco más de roña encima de la roña de antes.

Cuando decidía que ya había andado lo suficiente entre vagones, se acercaba al balcón de la estación. Para Lucas era el balcón de la estación porque dejaba ver toda la parte baja del pueblo, y los últimos árboles, y el monte, y las setas, si se era joven y se tenía buena vista.

Pero había niebla entre los árboles, el monte
y las setas. En lugar del bochorno del pueblo. No
una niebla caliente; una niebla simpática y una
niebla como Dios manda.

Entonces se despedía de la estación y de
quienquiera que estuviese limpiando los trenes, y andaba hacia la niebla. Andaba seguro.
Y torcido. Conocía muy bien las calles cerca-
nas a la estación: la panadería de Juan, la casa
de su tía (la sopa de su tía), la plaza. Pero daba
la vuelta a una esquina, y aparecían casas que
no había visto nunca, rojas casi siempre, y otro
parque y niños y madres nuevas. Lucas dejaba
de estar tranquilo entonces. No entendía las
calles nuevas.

Se sentaba en un pretil sin personalidad, se mareaba. No sabía el camino de la niebla. Ni el de casa. Casi siempre se le acercaba
un policía municipal entonces.

—¿Otra vez, Lucas? —le decía.

Lucas no le solía conocer, hasta que llegaba a su lado y le veía la barba.

—¿Adónde ibas, Lucas?

—A la niebla —contestaba—. O a casa.

El municipal cogía a Lucas del brazo
y le acompañaba a casa, igual que si estuviera
dando de comer a uno o dos peces tropica-
les.

*

Roma se tumbó boca abajo, o bien esperó sentada. Marcos se puso al lado de Roma, o bien encima de ella. Roma dijo algo y Marcos respondió. Roma se arrodilló después, o bien se apoyó sobre su costado. Marcos cayó de la cama. Roma sonrió, o bien quedó mirando el siete de la sábana. Marcos cogió el cuello de Roma, o bien al revés. Marcos vio un anticiclón en las Azores; Roma en Gran Sol.

Cuando más aire necesitaba Marcos, sintió un mechón en la boca. Liberó la mano que estaba trabajando y trató de que su boca recuperase su función. Roma, menos alterada para entonces, intentó ayudarle.

Marcos dijo algo; Roma respondió. A Roma se le escapó un sonido, y Marcos se dio cuenta de que le estaba aplastando el muslo izquierdo con el codo.

Marcos empezó a utilizar un idioma especial; Roma también. Marcos dijo «lura, Roma» y Roma dijo «lura kidu» y «leda idus». Y siguieron diciendo palabras no tan significativas y de sentido mucho más oscuro.

*

Hay personas, según Marcos, a las que no queda más remedio que inventarles trozos de biografía. Sobre todo a aquellas que tienen dos, tres y hasta cuatro biografías diferentes. A los que, por ejemplo, estuvieron en la guerra de

jóvenes, en el manicomio después y en las últi-
mas patadas de la vida habían sido empresarios
o algo peor. O a los que habían nacido y habían muerto en unos altos hornos pero que, en
algún momento, habían pensado en dejar el trabajo e intentar conseguir una beca de pintura
de la diputación.

Las biografías más aprovechables eran
las que aparecían en los veranos de las ciudades.
Como la del hombre que intentaba decir algo
moviendo una especie de muñecos al lado de la
fuente de la catedral. Marcos lo miraba con ten-
sión: tenía siete muñecos y llegaba a mover hasta cuatro al mismo tiempo. No decía más que
siete palabras; todas con acento totalmente san-
cionable.

Nació en Dresde, en 1947. El cuarto de
siete hermanos. Ya desde pequeño le prohibie-
ron dos cosas: la bicicleta y comer manzanas
compartidas. También escribir cuentos. Y no
los escribía pero se los contaba a sus hermanas
pequeñas hasta que se enteró su padre. A partir
de entonces, no le quedó otra solución que pen-
sarse un cuento de vez en cuando. Sólo para él.
Imaginaba oyentes diferentes, eso sí: algunos le
increpaban; otros, los que no entendían el cuento, llegaban incluso a enfadarse, y la mayoría se
quedaba como al principio. Había unos pocos,
pobres de espíritu seguramente, que, después
de escuchar el cuento, intentaban simular gozo
o, los más instruidos, empatía. Así es como en-

tendió que tenía que seguir mejorando los cuentos, que hacer un cuento no es abrir una botella de gaseosa o coger una babosa parda en el hábitat de la babosa parda.

Fue también su padre el que le matriculó en la universidad, como si para entonces no hubiera tenido dieciocho años. Allí lo enrevesaron de arriba abajo. Hasta convertirlo en ingeniero.

Acabó los estudios, y pasaron tres días y una tarde antes de que lo contratara una empresa. A partir de entonces salía a las siete y media de trabajar y era muy feliz de ocho menos cuarto a nueve de la noche.

Sería, posiblemente, el ser más inteligente de la empresa y, para el segundo año, tenía un cargo largo y un sueldo largo. Salía a las ocho y media de trabajar y era muy feliz de nueve menos cuarto a nueve de la noche.

Un día cumplió cincuenta y un años, y veintisiete días antes pidió la mañana libre en el trabajo para ir al dermatólogo. No llegó a la consulta. Un sobrino lo vio mirando al Elba, a las once y cuarto de la mañana, en calzoncillos.

Allí es donde empezó a pensar el cuento de los siete muñecos, hasta que sintió un poco de frío y un poco de escándalo por todas y cada una de las aberturas del calzoncillo. A la hora de cenar.

Cuando el día empieza
a ser más noche que día

María estaba en la cocina. Lucas en la sala. Marcos no estaba. Sonó el timbre. María abrió despacio. Había un cuadro de unos dos metros en la puerta, junto a las escaleras. Un cuadro vistoso. María se asomó un poco: quería ver quién era el ser humano que había traído aquello. «¿Sí? ¿Quién es?» Llamó a Lucas entonces. Vino Lucas. «Un cuadro vistoso», dijo. Luego dijo «¿Quién lo ha traído?». «No sé.» También Lucas se asomó, con el mismo gesto que su hermana: «¿Sí?». En la escalera olía a alubias.

María no hubiera sabido definir el cuadro; no lo quería definir, además. O hubiera dicho, como mucho, «Un cuadro vistoso». Lucas lo hubiera definido diciendo «Vaya, vaya», o diciendo «Un cuadro vistoso».

María ya estaba cerrando la puerta cuando salió Marcos de detrás del cuadro. Con la mano izquierda sostenía el lienzo; con la mano derecha hacía gestos de interpretación poco clara. Lucas se alegró. También María se alegró, pero sin querer alegrarse.

—Regalo de Roma —dijo Marcos.

—¿Para ti? —María a Marcos.

—Para Lucas —Marcos.

Lucas se derritió con el regalo y fue a contárselo a don Rodrigo. También María se derritió un poco. *besotted with*

—Es artista Roma, entonces —María
a Marcos.

—No: médico —Marcos.

*

Lucas looks for Marcos

María no hizo mucho caso a Lucas. Pensó que su hermano seguía igual, que hablaba y
hablaba pero no decía, o decía muy poco. O ni
siquiera pensó todo eso; lo único que preocupaba a María en aquel momento era un bizco-
cho que poco a poco estaba tomando forma de
zepelín marrón. Sin más.

Lucas se enfadó un poco. Se enfadó porque creía que lo que había dicho era importante.
Hizo un ruido de enfado y se fue hacia la puerta. Anduvo con decisión. Hasta que se dio cuenta
de que no sabía adónde iba.

—¿Marcos? —le preguntó a María.

—Leyendo. En el cuarto —María preocupada.

Llegó al cuarto de Marcos después de entrar en todas las habitaciones de la casa y darse
cuenta de que no eran el cuarto de Marcos.

Marcos cerró el libro al ver entrar a Lucas. A éste le gustó mucho el gesto; de hecho, creía que era importante lo que tenía que
decirle y que merecía que cerrase el libro. Se

sentó en la cama y esperó a que Marcos le pre-
guntara. Marcos le preguntó a ver si quería
decirle algo.

—Ando soñando cosas raras, Marcos
—dijo al final.

—Qué cosas raras.

—Ando soñando que Rosa está muerta.

*

—¿Y dónde trabaja Roma? —le preguntó María a Marcos.

—En el hospital.

—¿Y está contenta?

—Es ginecóloga.

*

Aparecieron imágenes del interior de la
catedral San X en la televisión. Tenía colum-
nas gordas y ángeles gordos en las esquinas. El
suelo estaba sucio, y las esculturas eran de piedra, igual que el aire. No se oía la voz del locutor. En el fondo, detrás del altar, estaba Jesús, en la cruz. Ése no es Jesús, dijo Lucas, Jesús
estaba en mi taller. Allí estaba. Ése no es Jesús. Para los que vayan a la catedral puede que
sea. Para mí no. El mío estaba en el taller. ¿Dónde está el tuyo, Marcos? Todo el mundo tiene
uno. También María. En San Nicolás. Al final
todos serán el mismo, seguramente. O, como

mucho, habrá dos o tres en total. A Marcos se le ocurrió entonces que *Belcebul* era un bonito nombre para una lagartija criada en casa.

Después de la catedral apareció un helicóptero en pantalla. Debajo del helicóptero estaba Mozambique. No era Mozambique, sin embargo, lo que se veía en la televisión, sino el agua que tapaba Mozambique. Era una inundación Mozambique. Y la gente seguía en las copas de los árboles, esperando a los helicópteros. Pero había pocos helicópteros en Mozambique; o demasiadas personas.

*

—Voy a empezar a buscar un trabajo de oficina —Marcos.
—¿Para qué? —María.
Marcos se quedó mudo.
—¿Y la guitarra? —Lucas.
Marcos se volvió a quedar mudo. Y cada vez que le hacían quedarse mudo le dolía el estómago, y un poco la zona de las costillas. ribs

*

Encendieron la televisión, cerca de las diez. Al parecer habían muerto tres personas en un partido de la selección brasileña o en un acto del carnaval. No se podía entender muy bien la noticia; estaban dando las dos informa-

ciones —el partido de la selección y el carnaval—
al mismo tiempo. Después se oscureció la pantalla. Eran imágenes del universo. En palabras
del locutor «... según estudios de importantes
científicos» dado el extraño comportamiento de
una estrella que está «cerca» de nosotros «nuestro planeta podría sufrir daños irreparables»,
sobre todo en Siberia. «De todos modos, lo que
tenga que ser ocurrirá dentro de ciento veinte
años, y nosotros no estaremos, seguramente, en
Siberia dentro de ciento veinte años, ja, ja.»
El locutor se rió ja-ja.

Marcos

Ahora por lo menos tengo esa opción: pasar todo el día en casa sin sacar la guitarra de la funda. Leer, comer, leer, mirar por la ventana, leer. Hasta la noche. Pero esa especie de vacación tiene un inconveniente; inmenso, no obstante: se me enfrían los pies. Y parece un problema insulso a primera vista, pero puede llegar a ser un enfriamiento de hasta diez horas. Y puedo estar leyendo la mejor literatura que se haya hecho nunca y no disfrutar, porque tengo los pies fríos.

Entonces no me queda otro remedio que tomar sopa. Pero hay veces que falla, que no llega hasta los pies, y me acobardo. Hay, sin embargo, otra forma de calentar los pies: leer la Biblia. Es la mejor forma, además, aunque haya una tercera posibilidad: el desenfreno. El desenfreno conmigo mismo o el desenfreno con Roma. Esta tercera forma es, con todo, la más imperfecta de todas, porque, además de los pies, también calienta la cara y el pecho, y no deja casi tiempo para leer literatura ni nada que tenga más de tres palabras seguidas.

Lucas está cada vez peor. Por una parte es bonito ver la enfermedad de Lucas, pero, aun así, me gustaría verle como para hacer cualquier cosa; me gustaría ver un Lucas de mi edad, por ejemplo. De todas formas, Lucas está más tranquilo desde que Roma viene más a menudo a casa. Le cambiamos los pañales Roma y yo. Y eso puede parecer dramático (si se es una persona dramática, como los notarios). Pero nosotros nos reímos de los pañales y de lo que significa tener que ponerse pañales. Porque somos igual de niños que Lucas, o igual de niños que los mismos pañales, o igual de niños que los adhesivos de los pañales, que a veces, sin previo aviso, dejan de adherir. No porque tengan una razón seria y contundente, sino porque se les ha metido entre ceja y ceja que no quieren adherir, y lloran y berrean, antes de cumplir su función y cerrar el pañal de forma impecable e higiénica. Y tanto a Roma como a mí nos parece bien ser igual de niños que los adhesivos de los pañales; si no podemos ser —por ejemplo— escritores o directores de cine, lo mejor que podemos hacer es ser igual de niños que un adhesivo de un pañal, que a veces adhiere y que otras veces no le da la gana de adherir.

Roma quiere ir a Lisboa. No tengo dinero.

Lucas. Ejercicios

Pharaohs

Eran gente curiosa los faraones. Haced-
me una pirámide aquí, para cuando me muera.
No, así no. Más grande. Quinientos siete escla-
vos para hacer la pirámide. Cuarenta y tres
muertos al final de la pirámide. Algo habrían
comido que no les sentó bien. Lo he visto en la
televisión. Las pirámides. Pirámides grandes.
Pero los reyes eran peores. También lo he visto
en la televisión. Los reyes ponían sus imágenes en las catedrales: Jesús, los apóstoles, ángeles y los propios reyes (Abelardo IV, por decir
uno). ¿Qué tipo de cielo le dieron a Abelardo
cuando se murió, después de echar a perder la
catedral? Seguro que le dieron un trozo de cielo
más pequeño que a los faraones, y más sucio.
Y bien sé que a los faraones les dieron uno de
los trozos más sucios. Pero don Rodrigo me ha
dicho que Abelardo IV fue uno de los reyes
más católicos y que no puede ser que no le den
cielo. Me da igual. Que le den cielo también a
Abelardo, porque no se puede dejar a nadie sin
cielo, pero que le den un trozo sucio o, por lo
menos, desaseado. *grubby | messy.*

No sé si Rosa me creía. Yo creo que sí.
Que las cosas que hacía con ella delante del

espejo no las había hecho nunca antes, ni con nadie más. Y se lo he seguido diciendo después de que se murió. Me acuerdo perfectamente de aquella vez que le puse la mano debajo de la falda, en el tranvía, y de cómo retorció ella el dedo entre los botones de mi pantalón, y que ya sé que no fue más que un segundo, pero que no fue un segundo normal, que fue un segundo deportivo. Fue un segundo como los segundos de las olimpiadas, que no son segundos normales. Los segundos de las olimpiadas están un poco más rellenos que los demás segundos, y valen un poco más y pesan un poco más también. Por eso se lo sigo diciendo a Rosa, ahora que está muerta: «Aquel segundo fue un segundo como los segundos de las olimpiadas». Rosa no me contesta casi nunca. Seguramente no le explicaré bien lo de las olimpiadas.

El mundo es más pequeño de lo que se piensa. Es mucho más pequeño que el cementerio, por ejemplo. Yo he visto el mundo por la televisión, y es bastante pequeño.

Tengo mala gana. Hoy me he caído tres veces yendo al cuarto de baño. Lo más curioso ha sido que no me he metido en el cuarto de baño al final, sino en la cocina. María no ha visto con muy buenos ojos que yo hiciera mis necesidades dentro de la caja para guardar patatas. La verdad es que yo tampoco lo he visto con muy buenos ojos. Ahora me he dado cuenta de lo que he hecho. Me lo ha explicado Marcos. Están a gusto Marcos y Roma. Pero tienen un problema grave. No hay tranvía aquí. Hace tiempo creo. Es importante el tranvía. Yo me pasaría días en un tranvía. Hasta el Karakorum en tranvía. Para ver los ochomiles por una vez, aunque sea desde abajo. Los ochomiles también son bastante pequeños. Lo he visto en la televisión. Hay expediciones que han hecho cumbre en programas de media hora escasa.

Roma

Al final nos pasamos la vida calculando cosas. Empezamos sin darnos cuenta de que estamos empezando, y llega un mes de invierno en el que ya sabemos, sin ninguna duda, que no podemos parar de calcular.

Empezamos a calcular, ya un poco seriamente, cuando estudiamos la carrera. Cuánto tiempo vamos a necesitar para hacernos médicos: a) si somos buenos estudiantes, pasaremos, más o menos, X años en la universidad; b) si somos estudiantes del tipo ya-estudiaré-cuando-acabe-la-película, tardaremos X+1 o X+2 años, según el metraje de las cintas y la capacidad de los guionistas para marear de aburrimiento, y c) si somos estudiantes tragicómicos, en cambio, podemos llegar a tardar hasta $(X+N)^2$ años. Entonces decidimos que igual lo mejor es el grupo A, pero que tampoco pasa nada por saltar al grupo B un par de veces al año. Que es incluso bueno. También tres veces. Cuatro ya no. Pero estar en el grupo A nos lleva a calcular cuánto tiempo necesitamos para cada curso y para cada semestre y para cada examen.

La carrera no la hacemos en balde, claro; no la hacemos porque tengamos una necesidad asfixiante de cultura. No. El objetivo es mucho más noble: conseguir trabajo. Y entonces empezamos a calcular cuál es el mejor trabajo. Y cuando conseguimos trabajo empezamos a calcular los días laborables, y cuando los días laborables son demasiado largos, pasamos a calcular las horas laborables, sobre todo cuando no hemos dormido bien.

Y es entonces cuando calcular ya es vicio. Y aplicamos el cálculo también a la pintura. Fíjate, a la pintura, que utilizamos para no ser todo el rato médicos y para no estar todo el rato calculando. Y calculamos, por ejemplo, cuántas pinceladas tenemos que dar para pintar el cuadro más relevante de nuestra generación. La cuestión es que querríamos un nombre entre los críticos de arte; antes de cumplir treinta años, claro.

Pero todos los cálculos son teóricos, por supuesto, como los ascensores que no se estropean o los hipopótamos de patas limpias. Y de repente pasa algo que no tenía que pasar, claro. Empezamos un cuadro que es difícil de acabar o, más que difícil, que es imposible de acabar. O Marcos nos toca en un sitio que no estaba previsto que nos tocase, y sentimos algo por la espalda que parece que es algo que se acaba de inventar.

Entonces empieza una pequeña crisis, claro; una crisis que nos lleva a pensar que todo cálculo es falso. Pero nos tranquilizamos enseguida, y sistematizamos también las excepciones (el cuadro, Marcos) y los metemos en nuestro programa de cálculo, en el apartado Curiosidades de De Vez En Cuando (CDVEC).

Y, felices ya, cuando vemos que nuestros cálculos se van ajustando, nos damos cuenta de que el trabajo no es sólo el trabajo, sino cuarenta años de trabajo, mínimo, y nos dicen que ha muerto una chica que estudió la carrera con nosotros, anteayer, y que todavía no saben qué puede haber sido.

6.

Murió un gorrión en el alero de una casa. El viento maltrataba una servilleta de papel de una pastelería. El poco cariño de los fontaneros municipales oxidó una fuente. Se rompieron dos losas de una acera cuando se les cayó encima el ordenador que un informático llevaba a arreglar. Un director de cine croata intuyó lo que puede ser una obra maestra el día que cumplió cuarenta y siete años, en el cuarto de baño. Los pijamas de algodón siguieron saliendo de la lavadora más pequeños que antes de entrar.

Marcos, María y Lucas estaban escribiendo, como si escribir fuese una cosa natural. María escribía en la cocina y en el cuarto de baño. Lucas escribía en la sala y escribía sobre pirámides, sobre tipos de chocolate y sobre murciélagos humildes. No ponía tildes, ni demasiadas haches.

Marcos escribía en la habitación, y escribía sobre una cosa y pensaba en otra. Pensaba en cómo le había lavado los pies a Lucas y en cómo le había cortado las uñas. Y cada vez que le cortaba una uña, Lucas decía el nombre de una de las ciudades que había conocido en la guerra. Y después de cada ciudad decía nombres de personas: Lleida —Enrique, Pedro, Baltasar—; Tarragona —Josep, Fernando...—. Y llamándose Baltasar, pensaba Marcos, y siendo de Lleida, no podía haber sido otra cosa que poeta ultraísta, y estaba claro que Fernando, de Tarragona, había sido el hijo boxeador de un zapatero anarcosindicalista.

También escribió Marcos algo sobre la música que se elige para el funeral de un compositor.

El día en sí

Parece ser que aquel puesto de trabajo que encontró Marcos en el periódico era lo mejor de entre lo mejor. De hecho, se reunieron mil siete personas, sin contar niños y ancianos, para participar en las pruebas previas a la preselección. Tras un test psicotécnico que describió alma y entrañas de cada uno de los candidatos, eligieron setecientas para la, todavía, preselección. Acto seguido, mediante un examen de nueve horas y cuarto, quedaron fuera otras trescientas personas (cuarenta y dos por selección natural). Pasada la preselección, llegó la pospreselección: dinámicas de grupo. Alcanzaron doscientos la selección en sí (dos entrevistas de doce y catorce minutos), y eligieron a cuarenta y cuatro para los cincuenta puestos que hacían falta. Casi todas las pruebas se hicieron con seriedad.

Marcos era uno de los Cuarenta Y Cuatro.

Los nuevos trabajadores hicieron un curso de doce horas para hacerse cargo de hasta el más mínimo detalle de sus puestos de trabajo. Las doce horas las hicieron en un mismo día, un viernes; en dos agradables tandas de seis horas cada una, eso sí. Algunos de entre los Cuarenta Y Cuatro dijeron que habían aprendido más aquel día que en toda la carrera. Marcos se angustió.

El lunes siguiente, Marcos cogió el tren a las seis de la mañana. En el bolsillo izquierdo de la chaqueta llevaba una hoja de menta que había metido María y en el derecho una astilla del bastón de Lucas. Hacía una semana que se había astillado la punta del bastón, y Lucas estaba nervioso desde entonces. No sabía qué hacer con la astilla: la guardó seis días en el cajón y al séptimo se la regaló a Marcos. Marcos sabía que aquella astilla era importante, pero pensó, al mismo tiempo, que sus bolsillos eran lo más parecido a un bosque de Europa central, y que lo único que le faltaba era un jabalí o media docena de druidas.

Entró con cinco ojos en las oficinas. Una chica que no volvería a ver después de aquel día le enseñó su ordenador. Era una habitación sin ventanas, caldeada por diez personas más. Estuvo unos trece minutos sin saber qué hacer, hasta que un personaje empezó a sacudirle la mano. Era una especie de jefe de sección y lo único que le faltaba para ser la persona más perfecta del mundo era estar muerto o, por lo menos, herido de guerra.

Necesitó siete minutos y algunos segundos para explicarle a Marcos lo que iba a hacer en los próximos seis meses. En el ordenador apareció una tabla bastante fea. Marcos se angustió por segunda vez. La Especie de Jefe de Sección le pasó unos cuantos decagramos de fotocopias. El trabajo era pasar los datos de las fotocopias a la tabla del ordenador. Tenía que estar pasando datos ocho horas al día —nueve si se retrasaba—; cuarenta horas a la semana —cuarenta y cinco si se retrasaba—; tantas al mes y tantas, por supuesto, al año. Marcos se angustió. Por tercera vez.

A Marcos le empezó a apetecer un tiragomas en la mano.

*

Cuando Rosa perdió su primera hija, María decidió que no valía la pena hacer las cosas con prisa. Solamente había una cosa que hacía rápido María: bajar las escaleras.

Cierto día pisó un plástico amarillo en el segundo escalón y cayó rozando la barandilla. Del segundo piso al primero. Disfrutó el vuelo, sin embargo; hasta que se dio cuenta de que tenía serios problemas para ponerse de pie. Incluso se diría que le era imposible ponerse de pie.

Pasó hora y media sentada en el mármol de la escalera. Y el mármol de una escalera no es la cosa más cálida del mundo. Marcos llegó en el séptimo estornudo de María.

—¿María?

—Aquí, tomando el sol.

—Pero.

—Estaría mejor en casa igual. ¿No crees? Igual me vas a tener que subir.

Marcos dejó la guitarra en el suelo, cogió a María en brazos y la subió hasta casa. Tuvo que hacer virguerías para abrir la puerta. María reconoció más tarde que ni en sus sueños más escandalosos había atravesado el umbral de su casa en brazos de un novio tan aprovechable.

Traía la cadera rota, y los primeros virus de la gripe.

Le dijo a Lucas que se había caído en la arista sudoeste del Broad Peak y que no habían hecho cumbre, que otra vez sería.

Marcos le hacía tres zumos todos los días y le lavaba la ropa y hacía la comida y planchaba las sábanas y le daba las medicinas y cuidaba a Lucas y colgaba la ropa y encendía la radio y movía el dial y le contaba cosas y limpiaba la habitación y la acompañaba al baño y le leía libros y le tocaba la guitarra. Y le cantaba *María pintó una raya sobre la raya que otro pintó, y dijo que era una foca bailando...* María tenía la impresión de que estaba en una huerta, hacía sesenta años, con sus amigas. Y le parecía que si empezaba a tirar piedras contra las figuras de cerámica o a jugar al truquemé, tampoco le iba a parecer a nadie tan extraño, porque estaba en una huerta, hace sesenta años, con sus amigas. De eso tenía la impresión María. Cuando Marcos estaba alrededor y cuando Marcos cantaba.

Lucas pasó semanas sin darse cuenta de que su hermana estaba enferma.

*

«Tengo un regalo», le dijo Roma a Marcos por teléfono, pero que no se lo podía dar hasta el día siguiente, «ya te lo daré mañana», que ahora se tenía que marchar al hospital. Marcos tuvo el regalo en mente toda la tarde, porque el día siguiente era 29 de septiembre o 2 de abril; porque no era una fecha de las aprendidas.

Y soñó con el regalo: encima de un puente, y Roma le daba un paquete envuelto en papel rojo, y Marcos intentaba abrirlo, pero el sueño iba cambiando de lugar, y estaba en un ochomil (¿Annapurna?), y no podía mover los dedos como él hubiese querido, por el frío, pero poco a poco estaba consiguiendo quitar el envoltorio, hasta que se dio cuenta de que estaba soñando y de que no merecía la pena abrir el regalo, porque total.

Marcos se seguía acordando del regalo mientras desayunaba. También Roma tenía algo en el estómago. Quedaron pronto. Era un paquete de tamaño amable, envuelto en rayas; no era el regalo del sueño, claro. Eso sí, lo abrió mucho más rápido que en el sueño. Después vio el regalo.

*

Lucas fue el primero en llegar. Últimamente era siempre el primero. Llegarán más tarde, pensaba, porque llevan ya tiempo muertos. De hecho, sabía bien poco sobre las costumbres de los muertos. La plaza miraba a la mar.

Se sentó en el pretil de piedra. Los del pueblo se sentaban en el pretil de piedra, no en los bancos de madera. Pero a Lucas le parecía tonto ahora: era marzo y la piedra no estaba caliente todavía. Se cambió a un banco de madera, aunque era segura la bronca de los amigos. Pero el genio de los muertos siempre es más llevadero. Se les derrite el genio a las personas que mueren.

Había un grupo de chavales al lado de Lucas. Casi no miraban a la mar. Hablaban de escarabajos y de canas y de fraudes informáticos y de si para verano iban a salir todas las hojas que faltaban en los árboles de la plaza y de que tenían que comprar más cuerda para escalar. Estaban en el pretil de piedra, eso sí.

Lucas estaba atento a lo que decían cuando llegó Matías. Apoyó la bicicleta en un árbol y se rió exageradamente, pero no dijo nada hasta que se sentó en el banco.

—¿Te llegaron mis cartas?

—Claro —Lucas.

—¿Y?

—Se las regalé a Marcos.

—Bien hecho.

Matías estaba joven; Matías estaba demasiado joven para estar muerto. Todos los muertos que recordaba Lucas eran viejos. Y pálidos. Menos Rosa. También Rosa era una muerta joven. Eso decía siempre Lucas. Que era una muerta joven y que todavía tenía tanta fuerza como para coger un tranvía en marcha.

Juan y Joaquín llegaron juntos, viejos y pálidos. Eran muertos de verdad, por lo tanto, ortodoxos, como Dios manda. Juan dijo algo sobre los bancos o sobre los pretiles de piedra, pero nadie le entendió. Joaquín venía más contento que nunca:

—Viene galerna. strong north west wind

—Qué galerna —protestó Juan—, la galerna fue ayer.

Eso es lo que dijo Juan, o eso es lo que creyeron los demás que dijo. Juan hablaba muy raro desde que se había muerto. Un poco antes de morir también, cuando enfermó. Algo le hizo la enfermedad en la boca, y seguía sin poder hablar bien después de haber muerto.

—Ayer hizo buen tiempo —le corrigió Matías.

Todos aceptaron entonces que en la víspera no había habido viento. Y en ese momento de calma llegó Tomás. Tomás pronunciaba las erres al revés y había sido capitán de la marina mercante. Sólo tenía media oreja.

—Matías, tenemos que hablar de la República —Tomás.

—Sí, señor.

Y hablaron de la República y de chicas y del vino y de los diputados de antes y de la galerna de la víspera y de la novia que tenía Tomás en Guinea y de los bailes y de los tangos y de Strauss.

Y estuvieron cerca de una hora haciendo planes para el futuro.

*

Hacía calor-oficina en la oficina. En la oficina de Marcos. Entraban allí familias enteras de moscas, con maletas en las manos. Las maletas las llevaban, en realidad, el padre y la madre; las pequeñas llevaban pelotas de plástico y bolsas de cerezas.

Cerca del oído de Marcos pasó un moscón de desproporcionada melena. Por octava

vez. A pesar de que tenía un zumbido bastante
estándar, Marcos dobló el cuerpo hacia delante, porque estaba seguro de que, tarde o tem-
prano, el moscón acabaría chocando contra sus
ojos o contra sus labios. Y eso sí que no. Estuvo varios segundos agachado. Estuvo agachado
hasta que se dio cuenta de que estaba presio-
nando con la nariz la letra ñ del ordenador.

Cuando las moscas se marchaban o, sim-
plemente, se morían —debajo de un cable o
en un cenicero—, Marcos se quedaba mirando
a sus compañeros. Parecía que estaban cómo-
dos; eran cocodrilos los compañeros de Marcos. Tenían la misma actitud que tiene todo
cocodrilo que se sienta delante de un ordenador. Y parecía que iban a seguir así cincuenta y
ocho horas, o sesenta horas, o las que hiciera
falta, porque quién iba a sacar la empresa a flo-
te si no. Pero no. Primero se levantaba Álvaro.
Siete segundos después Andrés. Casi al mismo
tiempo Elvira. Miguel después. Pilar. Ruth. Alberto... Treinta y nueve segundos más tarde no
había nadie que no estuviera en el cuartucho al
lado de la oficina. Marcos se quedaba solo.

Este repentino abandono de las obliga-
ciones laborales parecía espontáneo, incluso im-
provisado. Pero no. Era la hora del café. Y no
había más remedio que tomar café. A todos los
cocodrilos les gusta el café. Les tiene que gustar el café. Y si hay alguno al que no le gusta el
café, dice que le sienta mal al estómago y que

prefiere tomar manzanilla. Que tampoco le gusta mucho, pero que es la única manera de estar con los demás.

Marcos seguía pensando que la hora del café no era una simple hora del café, sino una especie de tentempié erótico. Era la primera fase del proceso de reproducción de los cocodrilos. Pronto se casarían entre ellos y pronto empezarían a tener crías, de piel dura y ojos marrones. No había otra forma de explicar aquella afición de los cocodrilos.

Marcos pasaba las horas del café mirando los extintores de la pared. Sin levantarse de la silla.

*Cuando el día empieza
a dejar de ser día*

Lucas estaba comiendo un trozo de turrón delante de la televisión. En la pantalla se veían imágenes, pero la voz estaba quitada. Marcos entró en la sala y se sentó al lado de Lucas sin quitarse los zapatos. Lucas le ofreció turrón.

En la televisión apareció una manada de científicos (porque lo que está claro es que los científicos se miden en manadas). Estaban en un yacimiento arqueológico. La cámara enfocaba un pequeño hueso que tenía un científico en la mano. En la siguiente escena apareció una mesa alargada; encima de la mesa, en fila, un montón de cráneos; al lado de los cráneos un científico de más edad. El científico tenía buena planta y movía los labios de forma muy acompasada y virtuosa, pero era grande el esfuerzo que tenían que hacer Lucas y Marcos para entender algo, teniendo en cuenta que la televisión seguía sin voz.

También había pinturas en el yacimiento. Eso era lo que estaba intentando demostrar la cámara. Eran, sobre todo, dibujos de caballos. Pero había un poco de todo. Fue entonces cuando Lucas le prestó más atención que nunca a la televisión: miraba, sobre todo, a los caballos. Y también un poco a todo lo demás. Tiró la manta que tenía sobre las piernas y corrió a su habitación (como si Lucas pudiera correr). Volvió de la misma, con un cuaderno y con un lápiz. Empezó a imitar las pinturas del yacimiento en el cuaderno —los caballos sobre todo, pero también algún otro—, y dibujó caballos peculiares, y parecía que era contemporáneo de los pintores del yacimiento y que iba a cumplir veinte mil años el 9 de abril y no noventa y tres.

*

Marcos tenía una única costumbre brillante: de vez en cuando entraba en el baño, se acercaba exageradamente al espejo y escudriñaba sus ojos. Sobre todo los alrededores de los

ojos —pocas veces el color—: Párpados, cejas,
pestañas. Tenía unas pestañas lustrosas, de las
que ya le gustaría a más de un gato. Eso era
lo que decía Roma. También María. Lucas no:
Lucas sólo le decía que no fuera tonto, que
aprendiese a escalar ahora que podía. Ya quisiera tus pestañas más de un gato, le decía María. Las pestañas de Marcos eran bastante más
negras que los ojos de los hindúes.

Se dio cuenta un día, sin embargo, de
que tenía varios vacíos entre pestaña y pestaña,
y de que cada vez que se tocaba los ojos se le
caían tres o cuatro. Se acordó de Roma entonces. Al principio se acordó de Roma de una manera bastante razonable: Roma con una bata
blanca, Roma desnuda, Roma pelirroja —eran
escasas las pestañas de Roma—, Roma mojada, Roma mojada por la ducha. Luego recordó
la discusión que había tenido la tarde anterior
con Roma y la relacionó con la caída de las
pestañas. De hecho, todo el mundo sabe que
disgustos de esas características debilitan las pestañas y han hecho desprenderse de sus respec-
tivos ojos a miles de pestañas, en la historia de
las pestañas.

*

Le dio pena a María tener que volver a
casa. La cuestión era que había una luz curiosa
en la calle. Una luz que se veía muy pocas ve-

ces; que únicamente se veía cuando en el mismo día había habido, por este orden, viento, sol, tormenta, viento, sol, lluvia, sol. Entonces, y sólo entonces, aparecía esa luz por la tarde. Y las cosas se empezaban a ver mejor, y personas con una cantidad de dioptrías tal como para hacer el ridículo dondequiera que fuesen, descubrían, entre otras cosas, que habían puesto un reloj en la pared de la iglesia. En 1888.

Pero nada más pisar la sala se dio cuenta María de que la luz era capaz de entrar dentro de la casa y de que también dentro de la casa hacía que las cosas se viesen mejor, más definidas. Subió rápidamente las persianas y corrió las cortinas. Hasta entonces no había visto que Lucas estaba allí, en el sofá. Estaba mirando Lucas a una mesilla de madera oscura. Se notaba que llevaba ya tiempo en la misma postura.

—¿Qué tienes, Lucas?

—¿Qué es esto, María? —dijo Lucas señalando la mesa—. ¿Chocolate?

*

«Has oído, Lucas, 4.000 millones un cuadro. Es decir, que a un señor le hicieron un encargo en el siglo XVI o en el siglo XIV, ¿no? Que tenía que hacer un retrato de la sobrina de Carlos, de Felipe o de Duncan, ¿no? Y la sobrina de Carlos, de Felipe o de Duncan era feísima; o no digamos que era feísima, digamos que no era muy fotogénica. Y el personaje que recibió el encargo no era, por supuesto, un personaje vulgar; era un pintor de renombre. De triple o cuádruple renombre, cómo no, en el siglo XXI. Pero el cuadro lo hizo sin demasiadas ganas, porque estuvo siete días con descomposición, o porque le habían cogido un hijo para la guerra. Y ahora ha comprado el cuadro el Ministerio —lo ha dicho la televisión: 4.000 millones—. Porque hasta un niño de tres años sabe lo importante que es el patrimonio cultural; por eso, un niño de tres años nunca dejaría manosear a nadie las cucarachas que hace con plastilina verde y con plastilina amarilla. Por eso y porque no le pagan 4.000 millones.»

*

Hacía tiempo que Lucas no se separaba mucho de la cama. María aprovechaba para decirle a Marcos:

—He visto triste a Lucas. Dice que le duele.

—¿Dónde? —Marcos.

—Dice que no sabe dónde, pero que le duele. Y que tiene frío. Y estamos en agosto. Y que le duele, que le duele mucho.

Marcos

Es curioso, y también es pintoresco, quedarse dormido delante de la televisión y al despertarse ver a una persona con pasamontañas. [*balaclava* written above "pasamontañas"] Eso es lo que me pasó a mí. Me quedé dormido en el sofá y vi un pasamontañas nada más despertarme. La verdad es que me descoloca un poco. Quiero decir Marcos. Quiero decir el subcomandante. No sé si me gusta, si me da rabia, si me cae bien. Por una parte lo puedo imaginar sentado en una piedra, entre árboles, y puedo imaginar cómo pasa una araña cerca de su pie y cómo la pisa, la araña, con más fuerza de lo que se necesitaría para una araña, y con un poco de mala leche también. Y eso me angustia. Pero luego se me ocurre que tiene la suficiente habilidad como para escribir cosas como ésta: «Frente a un espejo cualquiera, dese cuenta de que uno no es lo mejor de sí mismo. Pero siempre se puede salvar algo: una uña por ejemplo...». Y entonces me voy tranquilizando. Pero me vuelvo a angustiar de la misma. Porque no tengo ni la más mínima dificultad para imaginar a Marcos dando órdenes. Como si dar órdenes fuera una cosa normal. Y sigo sin saber si me gusta, si me da rabia, si me cae bien. Pero lo que sí me gustaría, seguramente, sería hablar con él. Estar un rato hablando con él.

Ayer le lavé los pies a Lucas. Los tenía fríos, como una foca. Le tiré agua ardiendo al principio y más templada después. Y le hice cosquillas. Porque las cosquillas calientan los pies, igual que leer la Biblia. Al final se animó un poco; se empeñó en que también me los quería lavar él a mí.

He leído un artículo hoy, sobre la trepanación. Hace tiempo que sé lo que es la trepanación, y me ha hecho ilusión saber que sabía. Es una palabra explosiva: trepanación. La trepanación es hacer un agujero en el cráneo o en cualquier otro hueso. En personas vivas. No con una pistola, claro; las trepanaciones las hacen los médicos, y cientos de curanderos, y algún particular. Pero la cuestión principal es que es una palabra explosiva. Trepanación.

Lo de las hormigas es muy diferente. Lo tengo bastante demostrado. Lo único que hay que hacer es elegir una hormiga que pasee confiada por cualquier mesa (a 75-90 centímetros del suelo). Pegarle, acto seguido, un pititaco (con dedo gordo y, sobre todo, con dedo corazón) y tirarla al suelo. Es seguro que siga con vida, y que salga corriendo; más desorientada, eso sí. Una hormiga es como un hueso. En los huesos se hacen trepanaciones; en las hormigas no.

Matías. Cartas

Es tiempo ya que sé que no voy a morir una mañana, que voy a morir bastante después de haber comido. Y sé casi seguro, además, que voy a ser el primero de nosotros en morir. Es por esto que os escribo unas instrucciones a vosotros, Lucas, a ti, a Ángel, a Juan y a los demás, para cuando yo esté muerto y vosotros no. Para que sepáis, de primera mano, lo que tenéis que hacer.

Pasos que debéis seguir cuando os deis cuenta de que no respiro o de que respiro muy poco:

1. Comprobar si estoy realmente muerto: entraréis a mi habitación de uno en uno, cada cinco minutos, y comprobaréis, nada más entrar, si estoy muerto de verdad. Sería conveniente, a la par que hermoso, que, una vez en la habitación, hicieseis un esfuerzo por quedaros dentro, porque en menos de hora y media nos íbamos a juntar allí más de quince personas, con un agobio en continuo ascenso, pero felices de estar juntos y felices de que nadie hubiera dicho no puedo ir, el trabajo, ya sabes.

Después de esta comprobación, podrían pasar dos cosas:

a) Que no esté muerto: tendríais derecho a enfadaros entonces —no mucho, para no
despertar sospechas en la familia—, por haber
perdido más de una hora en balde. Me diréis
alguna barbaridad al oído y os empezaréis a ir a
casa o a ir a la calle.

b) Que esté muerto: en ese caso, pasa-
réis al punto dos, con ilusión.

2. Es casi seguro que si me muero se ce-
lebre un funeral. Iréis a la iglesia en calzoncillos. Lo que sí me gustaría pediros es que lleva-
seis diferentes tipos de calzoncillos, aunque sólo
sea para aportar colorido. Sería conveniente, sin
embargo, que también os pusieseis una chaqueta. Y una bufanda, si es invierno o si os duele la
garganta.

Al entrar en la iglesia podréis contem-
plar tres fenómenos: la sorpresa de mis hermanos, la rabia de mi padre y los suspiros de mis
tías solteras.

Después de la misa jugaréis un partido
de fútbol en la playa.

3. Compraréis una tortuga, vistosa y de
ojos verdes. Os iréis turnando y la tendréis cada uno una semana en casa, y le daréis de comer,
espinacas y vainas. Y me maldeciréis, sistemá-
ticamente, cada vez que la tortuga deje huellas
de color oscuro en vuestras alfombras. Pasados
dos o tres años, podréis venderle la tortuga a al-

gún conocido, en el caso de que no le hayáis cogido cariño para entonces. Y le pondréis de nombre Eulalia o Ambrosio.

Lucas. Ejercicios

Muere mucha gente en el monte. Yo me aprendo de memoria los nombres de la gente que muere en el monte. Stefan Sluka, por ejemplo. Murió en el Shisha Pangma. Desapareció. El Shisha Pangma es un ochomil. Es el más pequeño de los ochomiles. Pero así y todo. Hay catorce ochomiles. Chamoux, un francés, murió en el trece. Quiero decir en su trece, cuando le faltaba ése y otro. En el Kangchenjunga, en la bajada. Ese día pasaron dos cosas importantes en el Kangchenjunga: murió Chamoux y Erhard Loretan subió su catorce. Y lo bajó. Loretan es suizo y tiene un nombre elegante.

Poca gente ha hecho los catorce. Quiero decir los ochomiles. Jerzy Kukuczka sí. Kukuczka los hizo. Luego murió en el Lhotse. De salud estaría mejor que yo seguramente. Quiero decir Jerzy Kukuczka.

Hay gente que no se muere, pero se les congelan los dedos y se les ponen negros, o azules oscuros, muy oscuros, o marrones oscuros. Y muchos se curan, pero muchos otros se los tienen que cortar: un solo dedo o dos dedos o cinco. Como a Maurice Herzog. Le cortaron varios dedos a la vuelta del Annapurna. Y es difícil volver al monte así. Y puede que no muriera Herzog, pero murió Maurice. O al revés. En cualquier caso, Herzog dejó un papel en la punta del Annapurna. «En la vida de los hombres siempre habrá otros Annapurnas.» O algo así. Creo que todavía está vivo Herzog, pero no pondría la mano en el fuego porque, aunque le he visto hace poco en un documental, no me fío mucho. Los documentales de la televisión suelen ser antiguos y me suelen despistar.

Luego está Mallory y está Irvine. Hay quien dice que fueron los primeros en llegar al Everest. Otros dicen que no, que no llegaron. El Everest es un monte grande, de los más grandes igual. Hace poco han encontrado el cuerpo de Mallory, no tan lejos de la cima. También el K2 es un monte bastante grande.

También se llega a perder un poco la cabeza a esa altura. Y las ideas empiezan a bailar dentro de la cabeza y empiezan a dar saltitos dentro de la cabeza, y hay veces que hasta se salen por las orejas y hay veces que por la nariz. Y se desparraman. Quiero decir que las ideas empiezan a desvariar dentro de la cabeza y que no tienen ningún control. Y es bonito ver bailar a las ideas, pero también es peligroso a esa altura. Messner, por ejemplo. Messner es otro escalador. Dice que se paró a descansar en un ochomil y que estuvo hablando con una niña que estaba sentada allí. Que hablaron mucho. Messner siguió solo después. Pero le parecía que

seguía teniendo compañía y que alguien le ten-
saba la cuerda. De vez en cuando. Es posible que
no fuese Messner. Es posible que fuese otro al
que le pasó todo eso. No sé. Es igual además.
La cuestión es una niña a ocho mil metros de
altura.

María. Ficciones

He cogido un montón de dinero. Lo tengo en el bolsillo izquierdo. Parece que tengo la pierna hinchada, de todo el dinero que tengo en el bolsillo izquierdo. Coger un tren, bajar del tren, coger el siguiente, bajar, coger... Eso es lo que he decidido hacer. Es igual adónde vaya el tren. Tienen que ser trenes diferentes y raros. Por eso he cogido un montón de dinero y por eso parece que tengo hinchada la pierna izquierda, y sobre todo el muslo.

En las estaciones compro un montón de cosas. Compro abanicos, navajas pequeñas, compro pelotas de tenis, guías de ermitas, libros sobre dálmatas. Y cosas de comer, claro. La cosa es que no salgo de las estaciones para nada.

Pero parece que el mundo no es tan pequeño. Llevo ya tres días de tren en tren y no estoy tan lejos de casa. Se escucha otro idioma, eso sí, pero siempre el mismo. Además, entiendo bien los carteles. Lo demás bastante mal.

Lo peor es que me he empezado a acostumbrar a los trenes. Antes de entrar ya sé cómo va a ser el vagón, cómo van a estar puestos los asientos y qué tipo de bigote va a tener el revisor. Y eso es lo peor que puede pasar. Porque lo que yo necesito son trenes diferentes, trenes raros. Pero ahora ya todos los trenes son iguales, como las postales de París.

Estará preocupada mi madre. No sabe dónde estoy.

Ahora estoy en una estación grande. Si la comparo con todas las que he visto, puedo decir, sin miedo, que ésta es una estación grande. También podría decir que es una estación muy grande. Podría decirlo sin miedo también. Y que está hecha con hierro negro, o con hierro pintado de negro. Y que tiene vigas por todas partes. Y también podría decir que es bastante bonita. A mi padre le gustaban esta clase de estaciones. También a mí.

No voy a coger más trenes. Me han aburrido los trenes. Todos son iguales ahora ya. No voy a coger más trenes y voy a salir de la estación por primera vez. Voy a ver la ciudad. Porque con esta estación no puede ser otra cosa que una ciudad.

Roma

Suelen estar en todas partes: en los cines, en el metro, en los acuarios municipales, en la consulta del podólogo (sobre todo en la consulta del podólogo). Son fáciles de ver; por eso no los aprecia la gente tanto como merecen.

A mí me gustan sin control, claro. Hay veces que les he seguido por la calle. Hasta que llegan a casa, o a la oficina, o a un servicio público. No más, claro.

A cuarenta metros parecen personas normales (también a treinta o a veinticinco, en algunos casos). De cerca no hay duda. Algunos tienen bien a la vista las características; otros más escondidas. Algunos las tienen todas; otros no. Pero, al final, siempre se nota quiénes son.

He aquí las características:

1. Suelen abrir los ojos con exageración, sin haber recibido, claro, sorpresa, disgusto o sobresalto alguno; por ejemplo, sentados en un parque, a las ocho y veinte de la tarde, en verano.

2. Destruyen a mordiscos cada una de sus uñas, como si fueran de otro, sin demasiada piedad.

3. Tienen la nariz larga.

4. Pronuncian mal, entre otras, la letra «erre» y la letra «ene».

5. Tienen la piel llena de manchas, como una alfombra beige.

6. Al levantarse de la cama, suelen tener gallos en el pelo, en la parte de atrás sobre todo (también junto a la oreja). Con forma de cuerno normalmente. Más de una vez llevan la etiqueta de la almohada colgada del pelo «Rodríguez Almohadas, S. L.»; todavía después de ducharse.

7. No cantan en la ducha; simulan entrevistas. Bien de radio, bien de televisión.

Y así son los que me gustan a mí.

Marcos tiene la nariz larga y suele andar con gallos en el pelo. En la ducha no sé lo que hace, pero me lo puedo imaginar.

7.

Había otras dos cosas que hacía Marcos con verdadero placer cuando se metía en la cama: pensar y dormir. Pero si pensaba, no se sosegaba lo suficiente como para poder llegar a dormirse. Y si se quedaba dormido, tenía grandes dificultades para pensar. Cuando dormía, sin embargo, se le abría otro abanico de tres posibilidades, a cual más anárquica y sospechosa: podía empezar a soñar, podía volver a despertarse o podía, sonámbulo, levantarse de la cama y cantar. Cantaría, claro está, algo monótono, porque los sonámbulos son seres monótonos (los sonámbulos son monótonos hasta cuando se caen por las ventanas). Casi siempre elegía, pues, la opción de soñar. Y soñaba con exageración.

Había veces que, en vez de dormir, pensaba; pensaba con los ojos abiertos, en Semana Santa y en verano sobre todo. Y era entonces cuando elegía los temas más espectaculares para pensar sobre ellos: las guerras europeas, las alubias rojas o Dios. Pensaba durante un rato en Dios, en el cristiano, y también en los otros dioses, más desconocidos pero de mucho colorido siempre. Después hacía la prueba de retirar todos los dioses del mundo, pero los volvía a colocar rápidamente, cada uno en su sitio, y los volvía a quitar y los volvía a poner. También los cambiaba de sitio a veces. Para ver las caras de la gente. Marcos demiurgo. Pero se angustiaba. Marcos se angustiaba cada dos por tres. Y para no angustiarse, intentaba buscar otros temas; temas que tuviesen menos que ver con él, como por ejemplo el cuarto día de las olimpiadas, las piernas y los mareos de Lucas, un grupo de cuervos que volaba alrededor de una farola o las ranas. Y, de entre todos, solía elegir las ranas, por ser los demás temas menos humanos y más rigurosos.

María, por el contrario, sólo pensaba en una cosa cuando se metía en la cama. Pensaba en la mañana siguiente. De hecho, el único placer de María era levantarse cuanto antes. Dormía con escasez María, dormía sin convicción.

Desde la última visita del médico, apenas se levantaba Lucas de la cama (ya serían siete o cinco semanas). Era en la cama, por lo tanto, donde tenía Lucas todos sus placeres y todos sus desplaceres.

El día en sí

Marcos estaba en Lisboa con Roma, por eso estaban viendo Lucas y María la televisión, a las cinco de la tarde, porque de lo contrario

estarían paseando, los cuatro, juntos, porque era
verano y porque era vacaciones, pero «ya sabes,
los jóvenes», y «hacen bien», y «aunque no hagan bien, ya habrán hecho lo que tengan que
hacer, allí, en un hotel de Lisboa». O en una
tienda de campaña, que son mucho más sinuo-
sas que los hoteles. Estaba preocupada María.
«Ya sabes, los jóvenes.»

María estaba segura de que Lucas no estaba atento a la televisión. Sabía que estaba mirando las esquinas de la sala, las polillas, las ma-
deras. No entendía María qué tratos tenía Lucas
con las polillas. Alguno sí.

Tampoco María atendía a la televisión.
Seguramente porque tenía lana y agujas en las
manos. Y la cabeza la tenía en Lisboa, y en
las carreteras de Lisboa y en un hotel de allí y
en la piscina del hotel y en las mareas de Lisboa y en los cortes de digestión.

Además, María no paraba de fijarse en
la puerta de la sala. Era de cristal la puerta, del
cristal de las botellas de anís. Del que deja ver
y no deja ver. Y veía, María, sombras de personas
detrás de la puerta, detrás del cristal de botella
de anís. Llevó a cabo entonces un razonamiento
tan ágil como sobrio: no podían ser Marcos y
Roma, porque estaban en Lisboa; tampoco podía ser Lucas, porque estaba a su lado; no podía
ser Ángel, porque eran años los que llevaba muerto. Pensó un poco más y dedujo que tampoco
podía ser ella misma. Solamente le quedaba una

quinta opción, la más filmable de todas: eran ladrones.

Le dijo a Lucas:

—Anda alguien.

—Será Marcos.

—Marcos está fuera.

—Serán ladrones entonces. ¿Les digo que se marchen?

—No. Déjales. Tendrán necesidad.

*

Y se enfadaron Marcos y María. Pero se enfadaron como se enfadan las tortugas y las lagartijas, de repente, con mucho aparato. *flamboyancy*

Lucas miraba a los dos y se acordaba de las polillas. Las polillas no discutían nunca. Pero es normal, porque las polillas acostumbran a estar solas. Por eso no discuten. Y ¿qué hacen las polillas? Funcionan un rato y después se mueren. También Marcos y María funcionaban, pero acto seguido discutían, se enfadaban, leían. Cosas, en resumen, a las que no se puede llamar funcionar, porque no son de provecho y porque cansan.

Lucas, tras esa impactante disquisición, escuchó a Marcos y a María con envidia. Él llevaba años sin discutir con nadie. Y decidió participar en la discusión, con frases que nada tenían que ver con el enfado de Marcos y María. Con frases como: «La mentalidad de la época de la

República, eso es lo que necesitamos ahora» o «No debería nadie boicotear las olimpiadas».

Marcos miró de reojo a Lucas, y María fue a por las pastillas. Marcos aprovechó la pausa para irse de casa. Cerró la puerta con bastante golpe.

Pero cuando se le empezó a pasar el enfado —nada más llegar a la oficina—, se arrepintió: de lo que le había dicho a María, del portazo. Estuvo toda la tarde dándole vueltas a la discusión. María estaría enfadada, con toda la razón del mundo. Ahora tendrían que estar sin hablar; hasta una semana entera, posiblemente. Y eso era difícil de aguantar para Marcos. Y se volvió a arrepentir. Diecisiete veces se arrepintió durante la tarde. El enfado le había valido, por lo menos, para arrepentirse con promiscuidad.

Por la tarde llegó a casa con un poco de miedo. No sabía cómo le iba a recibir María. Con qué cara. Abrió la puerta con reparo, pero no había nadie. Fue a la cocina y, aunque estaba oscuro ya, vio que había algo raro encima de la mesa. Encendió la luz para ver que había miles de polvorones en la mesa y que si se quería ver el mármol, no se podía, porque estaba debajo de los polvorones. Los polvorones eran el vicio de Marcos.

Cuando llegó a casa, hora y media después, María le dijo ¿estaban ricos?, o algo parecido.

*

Marcos abrió el paraguas y pensó que todos los paraguas son insectos. Insectos negros, naranjas, verde-rosas. Y siguió pensando, y pensó que el paraguas tenía serios problemas para taparles a los dos, a Roma y a él, que necesitarían, por lo menos, otros dos paraguas más, uno para la derecha y otro para la izquierda, sobre todo cuando el viento; que necesitarían otros dos insectos más por lo menos. Que siempre llegaban al coche con la manga izquierda mojada o con la manga derecha mojada. Y que para no mojarse se apretaban el uno contra el otro, allí, debajo de un insecto, y que era entonces cuando más cerca sentía las partes del cuerpo de Roma, aunque fuera invierno, aunque tuviera trescientas siete ropas puestas.

Y pensó todavía más mientras abría el paraguas. Pensó que la única intención de un paraguas abierto es oscurecer todo lo que queda debajo de él, y desorientar a su dueño; por mucho que sea un paraguas de colores o, incluso, un paraguas de talante amable. Su única intención es oscurecer y desorientar. Eso fue lo que pensó Marcos. Eso y cinco cosas más por lo menos. Mientras abría el paraguas.

*

Cuando, por descuido, se vuelca un pu-
chero y la sopa cae al suelo de la cocina, el ruido
que se oye suele ser plas, o si no xost, según el
tiempo que haya estado en el fuego. También
la sopa de María hizo uno de esos dos ruidos
cuando cayó al suelo de la cocina. Y María se
disgustó, y pensó que era la cuarta cosa que le
salía al revés en el día, y que Lucas llevaba casi
tres semanas sin salir de la cama, y que no estaba
bien, y que le dolía. Y aunque el alma de María
era más dura que un hueso de ñu, se deshizo en
ese momento, y se licuó. Y se podía ver el alma
de María dispersándose por el suelo de la cocina y saliendo a borbotones por la ventana y bajando las escaleras, a borbotones también.

María decidió que tenía que reorganizar
su alma antes de que acabase de desperdigarse.
Salió, pues, a la calle y compró media docena de
pasteles y una botella de sidra, y comió y be-
bió, unos en la sala y otros en la cocina. Y para
cuando terminó, el alma de María volvía a ser un
hueso de ñu o de, por lo menos, búho común.

*

Sobre todo el cielo. En Lisboa había cielo
sobre todo. También había cafeterías, casas ro-
tas y tranvías, pero en Lisboa había sobre todo
cielo. Y Roma y Marcos subieron a un tranvía,
porque es bastante más fácil subir a un tranvía que al cielo. Marcos miró al conductor del

tranvía: estaba de pie, rígido, tan rígido como los conductores de tranvía. Sería, seguramente, portugués.

Marcos se acordó de Lucas entonces, y de lo que contaba Lucas sobre los tranvías, y de lo que contaba sobre Rosa y los tranvías. También Roma pensaba en Lucas y en Rosa. Por eso hizo fotografías dentro del tranvía. Cientos de fotografías. Para Lucas. Y un poco para Rosa.

Marcos le quería contar a Lucas todo lo que habían hecho en Lisboa. Pero, pensándolo mejor, no le iba a contar de qué manera habían comido Roma y él una tarta de chocolate. Ni que se habían caído en la bañera. Y mucho menos que habían encontrado, de madrugada, dos lagartijas en su cama.

*

Parece ser que era cierto. Que de vez en cuando salía Lucas al balcón y que, afirmando las manos en la barandilla, cual político poseído, lucía raras dotes de orador, que por «raras» entendían algunos «malas» y otros «excéntricas». Que regalaba al público con discursos sobre la República, las polillas, la amistad entre los muertos, los mecanismos de los relojes de cuco y los insectos negros, sobre la caótica repercusión que puede producir boicotear unos juegos olímpicos para la historia de la humanidad y de las retransmisiones deportivas, o sobre cuántas veces puede morir una persona en el Shisha Pangma o en el Annapurna.

Parece ser que eran sobre todo niños los que se reunían a escuchar a Lucas, y algún que otro cuervo. Que estaban todos bastante atentos a lo que decía, menos varios cuervos que eran propensos al despiste. Y parece ser que los niños mostraban mucho interés en reinstaurar la República, o al menos los juegos olímpicos, y que estaban de acuerdo con Lucas en que muy pronto viajarían a Katmandú y que ya pensarían desde allí en qué montaña del Himalaya empezarían su carrera de ochomilistas.[1]

*

María reconoció sin demasiada preocupación que, claro, que alguna vez se olvidaba de la medicina de Lucas, ni que existía. Y que en vez de darle tres gotas por la mañana, tres a mediodía y tres por la noche, le daba nueve por la noche o al día siguiente.

*

Marcos oyó una voz raquítica desde la cama. En el mismo momento en el que María se quedaba dormida por primera vez en toda la noche. Las seis y dos de la mañana. Marcos vol-

---

1. Estos dos párrafos están en castellano en el original.

vió a oír un sonido parecido, del cuarto de Lucas. Saltó de la cama y fue a ver. Lucas le contó que le costaba respirar y que respiraba mejor cuando hablaba, que por eso estaba hablando sin parar, y que le había hecho bien verle a él, a Marcos, que se le había pasado el ahogo, que estaba casi bien, pero que, aun así, prefería seguir hablando, y estar así: hablando y viendo a Marcos, que era así como mejor estaba.

Marcos le llevó un vaso de agua de la cocina. Lucas le pidió que no se volviera a marchar, que al quedarse solo le había vuelto el ahogo, y que podía ser cosa de su imaginación, pero que como mejor estaba era viendo a Marcos. Todo el rato.

María apareció a las siete menos cuarto y le dijo qué tienes a Lucas. Fue Marcos el que le contó a María lo del ahogo, porque Lucas estaba hablando de tipos de polillas y un poco de don Rodrigo. Después le dijo que llamase al médico o al hospital, que Lucas tenía el brazo frío.

A las ocho el médico no había llegado todavía. Marcos empezaba a las ocho en la oficina. María llevaba desde las siete y media diciéndole que se fuese a trabajar, que ya se arreglaba ella, que se fuese tranquilo.

—No voy a ir —Marcos.

—Llama por lo menos —María.

—Voy a estar aquí.

—Llama por lo menos.

—No voy a llamar.

El médico llegó a las ocho y veinte. Marcos aprovechó para llamar al trabajo. Nada más marcar el número, sin embargo, se dio cuenta Marcos de que su llamada iba a llegar a la central de la empresa; de allí desviarían a su departamento, y de su departamento a su subdepartamento. Le pareció que iba a perder mucho tiempo y le dijo a la secretaria de la central:

—No voy a ir.

La secretaria de la central pasó varios minutos pensando quién, de los setecientos cinco trabajadores de la empresa, podía haber sido aquella voz que no parecía recién levantada de la cama, como todas las voces que llamaban para decir no voy a ir o para decir voy a ir más tarde; aquella voz que parecía una voz que llevaba ya cierto tiempo haciendo cosas que merecían la pena. Que llevaba levantada, por ejemplo, desde las seis y dos de la mañana.

Marcos volvió a la habitación. De hecho, como mejor estaba Marcos era viendo a Lucas. Todo el rato.

Cuando el día es
prácticamente noche

Cada vez eran menos las cosas que podía hacer Lucas cuando se levantaba de la cama. Le parecía que su vida se estaba encogiendo. Su vida era el techo de la habitación y era la cama y las sábanas y los armarios y era el grifo del baño y las alfombras. Su vida estaba, si se miraba un poco, bastante encogida. Después recordó que de pequeño no había día que no escalase los armarios de su habitación.

Pero se levantó y fue a la sala, porque la sala seguía siendo su vida todavía. Entonces sí: en la sala era la televisión. Encendía la televisión, y la televisión se le metía por los agujeros de la vida y se la ensanchaba un poco, como sólo se puede ensanchar la vida de una persona que lleva en cama treinta y ocho días. Era de las pocas cosas que podía seguir haciendo: apretar el botón y ver la televisión. Y vio Francia, y ciclistas. Le parecía curiosísima la manera de colocar las cámaras: la cuarta cámara, por ejemplo, en un helicóptero. Y era esa cuarta cámara la que estaba enfocando al pelotón, desde arriba claro, empezando a subir un puerto, y árboles a la izquierda, verdes y ocres, y un cementerio a la derecha, verde y ocre.

*

María puso todas las fotografías encima de las piernas: casi todas en blanco y negro, de cuando Lucas y María eran otra cosa. Roma estaba en una silla porque no cabían los cuatro en el sofá; Marcos le pasaba las fotografías de una en una, y era María quien daba las explicaciones, de una en una también. Las explicaciones tenían sesenta años la más joven.

Y las fotografías suelen ser aburridas. Pero siempre hay una que no es aburrida. Y esta vez era una de un tío de Lucas y de María la fotografía que no era aburrida. El tío de Lucas y María tenía los ojos rectangulares; es posible que los más rectangulares del mundo. Y se llamaba Ezequiel o Zacarías o Celerino. Marcos no podía recordar todos los nombres (ni los de la única fotografía no aburrida); Roma tampoco. Y María les explicó que querían mucho al tío y que era rico y curioso; que fumaba en pipa, como Ángel, como Matías; que tenía doce hijas, y que cuando la compañía del ferrocarril cambió el tren viejo por el nuevo, le dolió mucho, o eso era lo que él decía, y que compró un vagón del tren viejo y lo puso al lado de su casa, y que se pasó tres domingos limpiándolo y dejándolo como para que volviese a andar. Y que en aquel vagón jugaba todo el que quería jugar en un vagón de tren, que era todo el mundo o casi todo el mundo.

Que hubo una temporada que estuvo el tío bastante flojo, con una gripe fuerte, y que un día se levantó de la cama con fiebre y le dio fuego al vagón. Pero que cuando murió treinta años después, seguía arrepentido por haber quemado el vagón, y les seguía pidiendo perdón a sus hijas, que estaban ya casadas todas menos dos, y les pedía perdón a todos los que habían jugado en el vagón y le pedía perdón, también, a María. De eso se acordaba María: de su tío muriéndose y pidiéndole perdón, y de que nunca habían jugado tan perfecto como cuando subían al vagón y se iban hasta Bagdad, hasta Nueva Zelanda o, incluso, hasta Madrid.

*

POSOLOGÍA. El tratamiento deberá iniciarse con 40 mg al día los dos primeros días, administrados en una sola dosis o en dosis divididas. Para el siguiente periodo de tratamiento de 7 a 14 días, la dosis deberá reducirse a 20 mg diarios.

*

En la televisión apareció un pequeño grupo de chinos: unos doscientos mil. Encima de una alfombra roja, las cámaras enfocaron al presidente de China; chino también. De los allí reunidos, muy pocos tuvieron la suerte de ver al presidente, porque era un presidente mínimo; pero los que le pudieron ver eran, ante todo, chinos. Sin embargo, parecía que entre la multitud había un relojero croata nacido en Liechtenstein. O eso fue, al menos, lo que dijo el presidente en su discurso. La gente no entendió lo del relojero, pero pensó que sería una parábola, o que, quizá, el presidente no había dicho nada de eso; de hecho,

el habla del presidente tenía un toque retorcida-
mente dialectal para el 73% de los chinos.

El presidente iba a visitar un templo bu-
dista. Era una visita oficial pero, en la siguiente
escena, dentro del templo, parecía un creyen-
te de verdad el presidente. Marcos, cómo no,
se angustió.

Y siempre que en la televisión hablan sobre China, se suele mencionar el Nepal, o al revés. Y siempre que se menciona el Nepal apa-
recen imágenes de los ochomiles. Imágenes de
archivo. Y Lucas agradeció las imágenes, pero
también se empezó a marear un poco, y a desa-
sosegarse, porque no recordaba ningún nombre. De ningún ochomil.

Y siempre que en la televisión dan noti-
cias del mundo, suelen hacer un esfuerzo para
hablar de África. Y Etiopía igual, o Sierra Leona
si no. Y en Sierra Leona los escolares que muti-
laban los soldados. Y entre los escolares una
niña, y «yo les pedí a los soldados que sólo me
cortasen la mano izquierda, que la otra, la derecha, la necesitaba para escribir, que me gusta
mucho escribir, y los soldados me cortaron las
dos, por hablar demasiado, porque dicen los
soldados que no es bueno hablar tanto».

Marcos pensó que la palabra *mutilare* es
puro latín y que tiene unas vocales largas y otras
cortas.

María. Ficciones

Hace siete días ya que llegué aquí. Hace siete días que me dije voy a salir de la estación. Y no me he arrepentido. Bueno, ahora sí estoy empezando a arrepentirme un poco. Ésta es una ciudad grande, y lo que son grandes son sobre todo las calles, y los palacios también. También tiene un río, bastante ancho. Y puentes, claro. Eso es lo primero que vi. Un puente de hierro. Vi el puente antes de ver el río. Es de hierro, pero tiene el suelo de madera y se ve el río por los agujeros del suelo de madera. Aparte de eso es un puente normal.

No había nadie en el puente cuando llegué, el primer día. Puede que por el frío. O por la niebla. La cosa es que no había nadie en el puente y que yo me puse en la mitad del puente. O por lo menos calculé que era la mitad. Después miré hacia una parte del río y hacia la otra. Hacia una parte y hacia la otra. Desde el puente se veía el río, y una isla encima del río, y más puentes. Y fue allí donde me volvió a pasar lo de la impresión, lo de los zepelines y todo lo demás, lo que me tenía que pasar en los trenes. Lo que estaba buscando que me pasara en los trenes me pasó allí, en un puente. Entonces me quedé tranquila, y contenta, porque no tenía que seguir buscando, porque los trenes se mueven pero los puentes no. Porque a partir de entonces podría ir al puente siempre que quisiera, a disfrutar y a estar en la mitad del puente. Más o menos.

Estuve casi hora y media allí, y empezó a pasar gente, mirándome con gestos, pero yo estaba a gusto allí, hasta que empecé a temblar. Luego vine a este hostal.

Volví al día siguiente y sentí algo parecido. No tanto como en la víspera. No. Además, no estuve ni media hora, porque la lluvia era fría y con gotas gordas.

Pero volví por la tarde al puente, y también por la noche. Y la cosa es que no sentí nada ya. Tampoco al tercer día, ni al cuarto. Hace siete días que salí de la estación, y he ido veintitrés veces al puente. Y ya nada.

Ahora estoy empezando a arrepentirme. Creo que quiero ir a casa, porque me acuerdo de mi madre y me acuerdo del cuarto de baño y de los cuadernos y de los gatos. Pero de sobra sé, y eso es lo más curioso, que cuando llegue a casa me acordaré de todos los trenes que he cogido y, sobre todo, del puente con el suelo de madera con agujeros y de hierro negro.

5 de abril

Marcos

Ya sé por qué no me gusta el jazz. He hecho un esfuerzo muy grande para que me guste el jazz. Imposible. De hecho, es bien elegante decir «Yo escucho, sobre todo, jazz». Hay que decir *sobre todo* y hay que decir *escuchar,* no otro verbo. Acto seguido, para ilustrar ese efusivo comentario, conviene nombrar tres o cuatro músicos de Nueva Orleans, o de Filadelfia como mínimo, tres muertos y uno vivo (siempre en esa proporción).

Por eso he hecho yo un gran esfuerzo para que me guste el jazz. Me he pasado días enteros escuchando jazz. Pero ahora sé por qué no me gusta: por la trompeta. La trompeta es un ser bastante antipático.

Mucho más cariñosos que las trompetas son, quién va a empezar a negarlo ahora, los violines y los banjos. Pero, claro, no tiene ni gota de categoría decir «Yo escucho, sobre todo, música celta». Y mucho menos si, acto seguido, se nombran tres o cuatro cantantes antiestéticos, todos vivos además. Pero casi nadie conoce el libro que escribió Robert McKenna en 1926. Lo único que hizo Robert McKenna en su vida fue tocar el banjo (una vez cantó), y, ya de viejo, es-

cribir un libro. Y la pena es que no escribiera diez.
Cada cuatro o cinco páginas, McKenna escribía
esto (siempre igual): «He visto gente escuchando música. He visto gente que no muere. Como si no fuera lo mismo».

Lucas se está haciendo pequeño. Está
muy mal. Tiene los ojos absorbidos. Está tranquilo así y todo. Está convencido de que ésa es
su obligación: estar tranquilo, ir enfermando poco a poco y morirse. También está convencido
de que tiene que recordar cosas. Cada vez recuerda más cosas. Recuerda a Rosa y recuerda
cosas que no ha visto nunca.

Lucas. Ejercicios

Las polillas son mejores que los japoneses. No todas, claro. Pero algunas polillas son mejores que algunos japoneses. La gente piensa que la gente siempre es mejor que los insectos. Sólo porque son gente. Pero no suele ser. Los murciélagos, por ejemplo, son bastante mejores que las personas. Las polillas no son tan buenas como los murciélagos o como las tortugas, pero sí mejores que algunos japoneses.

La gente ha tratado mal a las polillas. No hay más que coger la enciclopedia. Tres líneas para decir qué es una polilla y cuatro líneas para explicar los daños que hace la polilla a las personas. Otras tres líneas más para contar las maneras más espectaculares de matar una polilla. Nueve líneas en total. Que estropea las ropas, que se come los libros. Mentira. Las polillas no comen ropa. Son las larvas de las polillas las que se comen los jerséis y las que se comen las fajas. Quiero decir que puede que de jóvenes hagan las polillas alguna barrabasada, pero que luego se arrepienten, y que a una polilla adulta (a una polilla que puede ser ya incluso padre de familia) ni se le ocurriría comerse, por ejemplo, el sujetador de una chica joven. Ni de una chica vieja.

Pero no todos los animales son buenos. El cuco, por ejemplo, es bastante malo. Yo he hecho relojes de cuco. Porque le vi cosas buenas al cuco. Y seguramente tengan cosas buenas y cosas malas los cucos. Por eso pienso que algunos japoneses son como los cucos. Eso lo he podido comprobar hace poco. La cosa es que había una expedición japonesa en el campamento base. De un ochomil. Y que empezaron a subir y que bastante arriba encontraron otra expedición, polaca o suiza, y que uno de los de esa expedición estaba medio muerto, y que los compañeros no le podían bajar, y que les pidieron ayuda a los japoneses, y los japoneses que no, que no iban a bajar a nadie, que ellos habían ido a subir, no a bajar, y que no iban a perder el tiempo.

Esos japoneses son peores que las polillas. Los demás no sé.

8.

Hay reptiles en Borneo que nacen y mueren sin tocar la tierra. De árbol en árbol. Por miedo a las serpientes.

El día en sí

Estoy cansado le dijo Lucas a Marcos. Marcos le preguntó por qué y le dijo no puedes estar cansado todo el día en la cama. Así mismo le dijo Marcos, que no podía estar cansado todo el día en la cama, y se rió. También Lucas se rió, pero solamente para empatar con Marcos. Y le dijo que no, que no era eso; estoy cansado, quiero decir que estoy como para morirme ya, y siguió diciendo que era conveniente que se muriese ahora, no anteayer o ayer, tengo que morirme ahora. Marcos le preguntó por qué lo sabes tan seguro. Lucas dijo que lo sabía y después dijo que lo sabía bien, porque me da igual, porque parecido voy a estar vivo que muerto, muerto mejor igual, porque sin dolor y más tranquilo. Marcos le preguntó dónde le dolía. Lucas empezó a decir de dónde vienen tantas polillas, y se quedó callado, y luego dijo hay cientos. Marcos no veía polillas, pero Lucas le dijo dile a Rosa que venga, que tiene que ver este espectáculo, porque la mayoría de las polillas son normales, pero algunas tienen las alas rojas, y el rojo es el color preferido de Rosa.

*

María se acercó a la habitación de Marcos. La puerta estaba abierta, y Marcos tenía en las manos un libro blanco, en un sillón azul. María se quedó quieta, sin decir nada, hasta que Marcos se dio cuenta.

—Voy a la calle —dijo María.

Pensó un poco y dijo lo que realmente quería decir.

—Acabé el cuento ayer.

—¿Y? —Marcos.

—Acaba en un puente. Puede que en París.

—¿Conoces París?

—No, pero he leído muchas veces París.

Marcos le pidió el cuento, que lo quería leer. María le dijo que lo cogiera él mismo, encima de la mesilla. Luego fue al cuarto de Lucas. Estaba dormido.

Una vez en la calle, empezó a pensar María en lo que había escrito, y le empezaron a no gustar algunas cosas del cuento que había acabado hacía, exactamente, 27 horas y 13 minutos.

*

Cuando subió al avión, Marcos se acordaba, cómo no, de Lucas. También cuando bajó del avión. Pensaba que era una locura haber ido a Nepal, pero que ya estaba allí y que no había más que hablar.

Al entrar en la habitación del hotel, se dio cuenta Marcos de que había olvidado una cosa: no se había fijado en el cielo de Nepal. Porque ése era, precisamente, uno de los encargos de Lucas, que se fijase en el cielo de Nepal.

Abrió la ventana entonces. Y se quedó mirando al cielo. Estuvo mucho tiempo pensando cómo le iba a explicar aquel cielo a Lucas. Pensó que el cielo era azul y era negro al mismo tiempo; es decir, que tenía miles de puntos azules y miles de puntos negros, mezclados, sin miramientos. Era difícil de decir. De hecho, aunque tuviera muchos puntos negros, era un cielo claro el de Nepal.

Cuando decidió que ya había visto el cielo, bajó la vista y vio un pelo en su brazo. No podía ser suyo. Ni de ningún nepalí. Porque era rojo. Tampoco había azafatas pelirrojas en el avión. Sería de Roma. Y cuando se convenció de que era de Roma, se lo envolvió en el dedo cinco o seis veces; luego, aprovechando que era un pelo largo, lo dobló hasta hacer dibujos

retorcidos y bastante rojos, y estuvo otros veinte minutos jugando con el pelo, acordándose de
Roma, para guardárselo después en el bolsillo
del pantalón, muy despacio, en Nepal, en Katmandú.

*

Para el cumpleaños de Lucas se habían
reunido Marcos, Roma, el hermano de Roma,
la hermana de Roma, María y el propio Lucas.
Pusieron una tabla encima de la cama de Lucas, y encima de la tabla patatas, queso, trozos
de chocolate. El primer intento se frustró enseguida, porque Lucas no tardó en pegar con las
rodillas en la tabla y tirar todo al suelo. Recogie-
ron rápidamente todas las cosas de comer pero,
así y todo, tuvieron que segregar varios pelos de
los trozos de chocolate, y los tacos de queso
confraternizaron hasta tal punto con el polvo del
suelo que nadie, a pesar de los ruegos y las pro-
mesas, pudo volver a separarlos.

Todos los invitados se sentaron alrededor de la cama y empezaron a comer como peces. Antes de meterse nada a la boca, lo frotaban
varias veces; no porque tuvieran la costumbre
de venerar la comida, sino para librarse de algún hectogramo de porquería. A pesar de todo,
la conversación era entretenida, y el hermano de
Roma hablaba mucho y contó su problema.
Y su problema era que si se quedaba mirando

a un sitio vacío, a una pared sin cuadros, por ejemplo, o al techo, y si seguía mirando un tiempo sin pensar en nada, empezaba a ver cosas; veía, por ejemplo, enterradores jugando al ajedrez o moscones contando argumentos de películas.

Lucas no comía nada, pero hacía gestos, como si estuviera comiendo. Todo era de su gusto, y chupaba como los demás y masticaba como los demás. Y siguió haciendo gestos de comer hasta que estuvo tan lleno que no le cabía ni un cuarto de aceituna más.

*

La cosa es que Roma y Marcos buscaban dos casas que estuvieran frente a frente; una, por ejemplo, de ocho pisos y de siete pisos la otra, a unos treinta metros de distancia. Elegían casas que tuvieran ventanas anchas en las escaleras. Una vez encontradas, Roma se metía en una y Marcos en la otra. Subían al séptimo piso y se ponían junto a la ventana de la escalera; pero, aun estando los dos en el mismo piso, siempre quedaba uno por encima del otro, porque los arquitectos siempre han sido personas inconstantes.

Entonces se empezaban a mirar desde las ventanas, como si fueran desconocidos, y Roma hacía un dibujo de Marcos en un cuaderno y se quitaba el jersey. Marcos ponía más atención, porque Roma sin jersey era bastante más

Roma que Roma con jersey. Y la desmedida atención de Marcos hacía que Roma tuviese cosquilleos en las manos y en la parte de arriba de las rodillas. Marcos ponía las manos en el cristal y lo empañaba, y se quitaba él también el jersey.

Y llegados a este punto, estaban ansiosos por volver a bajar a la calle y por volver a verse de cerca. Pero no podían en media hora. Eso era lo que decía el juego, que tenían que estar media hora en las ventanas. Y estaban, por lo tanto, media hora mirándose de una casa a otra. Y cuando pasaba media hora, bajaban las escaleras a todo correr y se iban a la cama de Roma o a un restaurante italiano.

*

Marcos se sentó en la silla junto a la cama de Lucas. Lucas agarró los pantalones de Marcos con la mano derecha, un poco más arriba de la rodilla. De vez en cuando apretaba la mano hasta arrugar el pantalón y tenía los ojos cerrados.

Lucas no paraba de decir cosas, pero, sobre todo, esto era lo que quería decirle a Marcos: Estoy debajo del Shisha Pangma, Marcos, con Rosa. El Shisha Pangma es un monte bonito. Y tiene música. Quiero decir que se oye música aquí, en el campamento base, y que yo creo que viene del monte. Le he cogido la cintura a Rosa, para bailar, pero Rosa me ha dicho que me esté quieto, que ya no tenemos edad. A Rosa le gusta mucho la seriedad. La seriedad y el viento. El viento también le gusta. Es una pena que no estés aquí, Marcos. Luego le he preguntado a Rosa cuándo vamos a empezar a

Cuando el día empieza a dejar de ser día

subir al Shisha Pangma y ella me ha dicho que no diga esas cosas, que estoy un poco loco, que somos viejos ya, que el monte es una cosa seria y que estoy loco y que estoy viejo. La verdad es que yo me veo bastante viejo, pero Rosa está muy joven, como cuando tenía veinte años o como cuando tenía veintidós años. Me ha parecido un poco triste, porque a mí me gustaría pisar el Shisha Pangma, aunque tenga que morirme allí. Entonces ha aparecido un hombre y nos ha dicho que hay un tranvía que hace el viaje hasta el Shisha Pangma, hasta arriba, y nos ha señalado una dirección, y hemos visto un tranvía negro, elegante. Y vacío. Y aquí estamos los dos, Rosa y yo, en el tranvía, esperando a que empiece a andar. Rosa ha subido antes que yo al tranvía, y yo he decidido que la cosa más bonita que he visto en mi vida ha sido Rosa subiendo a un tranvía.

Roma

Los museos son malhechores. En general. Porque los cuadros se tienen que ver despacio y con ganas, y en los museos no se ven despacio y se ven como si no fueran cuadros ni nada, o se medio ven. Los museos son hoy tengo que ver los 602 cuadros del museo porque la entrada está pagada ya.

De hecho, durante los diez primeros minutos del museo, no hay problemas para digerir lo que vas viendo, pero, a medida que pasan cuadros y pasan salas, tu cuerpo es incapaz de asimilar todo lo que mira y, de repente, ves cómo te empieza a salir una menina por la oreja o la propia Gioconda por la nariz.

Es entonces cuando sientes que tu cuerpo está minuciosamente descompuesto y que tienes que vomitar algo. Te acercas a un rincón del museo; al rincón del museo donde suele estar la silla del vigilante, concretamente. Y empiezas a vomitar (siempre tras comprobar, claro, que el vigilante es poco trabajador y aficionado a distraerse en el baño). Entre los despojos que van saliendo de tu cuerpo, ves 42 impresiones de 42 pintores impresionistas, 212 líneas rectas de 17 cubistas y algún reloj derretido.

Te sientes un cacharro y te prometes que no vas a volver a entrar en un museo grande. Entonces vuelve el vigilante del baño y te pide que, por favor, no te apoyes en la Nariz de Napoleón, y tú le dices que perdón, que estás algo mal y que no sabes casi ni dónde estás.

Vuelves al hotel, y en el hotel te dicen que ha muerto una tía tuya a tres mil kilómetros de allí, o que se está muriendo en el hospital. Entonces te das cuenta del tiempo que has perdido en el museo y de cuánto querías a esa tía y de lo feos que son los retratos de las damas del siglo, por ejemplo, XVI.

Marcos

Ayer encontré un montón de polillas debajo de la cama de Lucas, muertas. Algunas tenían las alas rojas. Se lo he dicho al médico. El médico me ha dicho que no me preocupe, que es normal, que no tiene importancia.

Lucas

Creo que nací en 1914. De pequeño fui a la escuela y de joven a la guerra. Pero la guerra no era un buen sitio para estar. Luego volví, para empezar en la carpintería. En la carpintería había más sosiego. No se moría nadie, quitando unas cucarachas que yo creo que eran azules. O moradas. Después me casé con Rosa. La especialidad de Rosa era subirse a los tranvías, y olía a sopa. Después se murió. Desde entonces vivo con mi hermana y con un personaje que se nos ha metido en casa, con Marcos. También Ángel se murió. Mi hermano. Yo no tardaré en morirme. Pero pienso avisar. Se lo diré a Marcos, que es el que más tiempo está conmigo. Le diré Marcos, voy a morirme esta semana. Así se lo diré. Sin decir el día exacto. Claro.

A la escuela iba feliz. Aprendimos mucha ortografía en la escuela.

Ahora bien a gusto me comería yo un poco de chocolate.

Para Sonia, claro;
y para su nariz también,
que sufre mucho.

Este libro
se terminó de imprimir
en los Talleres Gráficos
de Unigraf, S. L.
Móstoles, Madrid (España)
en el mes de marzo de 2003